Apsara Gyan

"सौंदर्य, शक्ति और प्रेरणा की सजीव मूर्तियाँ: जानिए अप्सराओं का अद्भुत संसार!"

RISHI ROHIT SHARMA

सकती है। ऐसा करने पर लेखक कानूनी रूप से न्यायिक सहायता, मुआवजा, और अन्य संबंधित राहत की मांग कर सकते हैं।

इजाजत के लिए संपर्क

यदि आप इस पुस्तक की सामग्री का उपयोग किसी विशेष उद्देश्य से करना चाहते हैं, जैसे कि इसे किसी अन्य भाषा में अनुवाद करना, इसे व्याख्यानों में प्रयोग करना, या शैक्षणिक उद्देश्यों के लिए इसका आंशिक प्रयोग करना, तो कृपया लेखक से पूर्व अनुमति प्राप्त करें। संपर्क के लिए नीचे दिए गए ईमेल पर संदेश भेजें:

ईमेल: omkarhealer@gmail.com

डिस्क्लेमर

इस पुस्तक में दी गई सभी जानकारी पौराणिक कथाओं, धार्मिक ग्रंथों, और लेखक के अनुसंधान पर आधारित है। इसे केवल शैक्षिक, सांस्कृतिक, और ज्ञानवर्धक उद्देश्यों के लिए प्रस्तुत किया गया है। किसी भी विवाद, धार्मिक मतभेद, या असहमति के लिए लेखक उत्तरदायी नहीं हैं। पाठकों को सलाह दी जाती है कि वे इसे सांस्कृतिक और शैक्षिक संदर्भ में देखें।

सर्वाधिकार सुरक्षित © 2024 Rishi Rohit Sharma

'दिव्यता, मोहकता, और आत्मिक रहस्यों से भरी अप्सराएँ – प्राचीन
पौराणिक कथाओं से स्वर्ग के उन रहस्यों को जानिए, जो आज भी हमारे
जीवन में मार्गदर्शन और प्रेरणा का स्रोत हैं!"

Contents

Disclaimer

यह पुस्तक *अप्सरा ज्ञान* विभिन्न अप्सरा साधनाओं पर आधारित है और इसका उद्देश्य साधना की जानकारी, मार्गदर्शन, और अनुभव साझा करना है। यह पुस्तक केवल पाठकों के ज्ञानवर्धन के लिए है और इसमें दी गई जानकारी का उद्देश्य किसी को किसी विशेष साधना करने के लिए प्रेरित करना नहीं है। अप्सरा साधना एक गूढ़ और संवेदनशील विषय है, जिसे केवल अनुभवी और योग्य गुरु के मार्गदर्शन में ही किया जाना चाहिए। बिना उचित योग्यता, गुरु के निर्देशन और मानसिक-आध्यात्मिक तैयारी के बिना किसी भी साधना का प्रयास करना नुकसानदायक हो सकता है।

यह भी स्पष्ट किया जाता है कि इस पुस्तक में प्रस्तुत जानकारी शास्त्रों, गुरु परंपराओं और व्यक्तिगत अनुभवों पर आधारित है, और इसकी प्रामाणिकता या प्रभाव का कोई दावा नहीं किया जा रहा है। साधना के किसी भी प्रकार के परिणाम या प्रभाव के लिए लेखक, प्रकाशक या कोई अन्य संबंधित व्यक्ति जिम्मेदार नहीं होगा। पाठकों को यह सलाह दी जाती है कि वे किसी भी साधना में प्रवेश करने से पहले अपने गुरु से परामर्श करें और अपने मानसिक, शारीरिक और आध्यात्मिक स्थिति का अच्छी तरह से मूल्यांकन करें।

इस पुस्तक को पढ़ते समय पाठकों से अपेक्षा की जाती है कि वे इसे एक आध्यात्मिक ज्ञान-वर्धन सामग्री के रूप में लें और किसी भी साधना को करने से पहले पूरी सावधानी बरतें। यह पुस्तक किसी भी प्रकार का चिकित्सा, मानसिक या आध्यात्मिक परामर्श देने का दावा नहीं करती है।

सभी पाठकों का कल्याण हो।

Rishi Rohit Sharma

Date 15th Novemeber 2024

Preface

प्रिय पाठक,

"अप्सरा ज्ञान" की इस पुस्तक में आपका स्वागत है। इस अद्भुत यात्रा पर, हम आपको उन दिव्य, मोहक और रहस्यमयी अप्सराओं की दुनिया में ले चलेंगे, जिनका वर्णन हमारे प्राचीन ग्रंथों और पौराणिक कथाओं में मिलता है। अप्सराएँ सिर्फ स्वर्ग की नर्तकियाँ और सुंदरियों नहीं हैं; वे दिव्यता, शक्ति, प्रेम, आत्म-संयम, और रहस्य की जीवंत मूर्तियाँ हैं। उनका अस्तित्व हर साधक के जीवन में प्रेरणा, परीक्षा और एक नई चेतना का संचार करता है।

भारत के धार्मिक और पौराणिक ग्रंथों में अप्सराओं का उल्लेख आदिकाल से मिलता है। *ऋग्वेद, महाभारत, रामायण,* और *पुराणों* में इन अप्सराओं की सुंदरता, उनकी अद्भुत क्षमताओं और उनकी भूमिका के अद्भुत प्रसंग मिलते हैं। इन ग्रंथों में प्रत्येक अप्सरा का एक विशेष स्थान और एक विशिष्ट गुण है। उनकी कहानियाँ हमें केवल स्वर्गीय सौंदर्य का अनुभव नहीं करातीं, बल्कि हमें आत्मा की शक्ति, संयम, प्रेम और आंतरिक शांति का मूल्य भी सिखाती हैं।

इस पुस्तक का उद्देश्य केवल अप्सराओं के बारे में जानकारी प्रदान करना नहीं है, बल्कि उनके रूप, गुण और शक्ति का गहराई से विश्लेषण करना है। *"अप्सरा ज्ञान"* में हमने विभिन्न प्रकार की अप्सराओं को समर्पित अध्यायों के माध्यम से उनके व्यक्तित्व, उनकी शक्तियों और उनके साधकों को मिलने वाले आशीर्वादों का विस्तार से वर्णन किया है।

यह पुस्तक आपको अप्सराओं के साथ एक गहरे, आत्मिक संबंध को समझने में मदद करेगी। उनकी कथाएँ न केवल पौराणिक रस प्रदान करती हैं, बल्कि हर साधक के लिए एक गहरा आध्यात्मिक संदेश भी लेकर आती हैं। यह पुस्तक आपको उन अप्सराओं से मिलवाएगी जो हर इंसान के भीतर की अच्छाई, प्रेम, साहस, शांति और शक्ति को जागृत करने का प्रतीक हैं। वे हमें सिखाती हैं कि असली सौंदर्य आत्मा में है और सच्ची शक्ति आत्म-संयम में।

इस पुस्तक की यात्रा में, हम आपको उन कहानियों और प्रसंगों से मिलवाएँगे, जिनमें अप्सराओं का प्रेम, त्याग, मोहिनी शक्ति और करुणा झलकती है। साथ ही, हर अध्याय

में हमने यह भी बताया है कि एक साधक कैसे अप्सराओं से प्रेरणा लेकर आत्म-ज्ञान, संयम, और संतुलन की राह पर आगे बढ़ सकता है।

"अप्सरा ज्ञान" को सरल भाषा में लिखा गया है ताकि हर पाठक इसे आसानी से समझ सके और अप्सराओं के दिव्य संसार को महसूस कर सके। इस पुस्तक को पढ़ते हुए आप अपने भीतर छिपे सौंदर्य, आत्मा की शक्ति और प्रेम की गहराई का अनुभव कर सकेंगे।

आइए, इस दिव्य यात्रा पर हम आपके साथ चलें और अप्सराओं के रहस्यमय संसार को खोलें, जहाँ हर कहानी एक नया ज्ञान और हर अप्सरा एक नई प्रेरणा प्रदान करती है।

आपका सहयात्री,
Rishi Rohit Sharma

Date 15th November 2024

Acknowledgments

यह पुस्तक, *अप्सरा ज्ञान,* मेरे गुरुओं के अनमोल आशीर्वाद और उनके मार्गदर्शन का परिणाम है। सबसे पहले मैं हृदय से उन सभी गुरुओं का आभार व्यक्त करना चाहता हूँ, जिन्होंने समय-समय पर अपनी शिक्षाओं और प्रेरणा से मुझे साधना और अध्ययन के मार्ग पर प्रोत्साहित किया।

अपनी साधना यात्रा में, जब मैंने रेकी की विद्या को समझना प्रारंभ किया, तो मुझे यह अद्भुत सत्य ज्ञात हुआ कि हमारा अस्तित्व एक नहीं बल्कि तीन स्तरों में विभाजित है: शारीरिक शरीर, भावनात्मक शरीर, और आध्यात्मिक शरीर। इन तीनों शरीरों ने मेरे जीवन और साधना को गहराई से प्रभावित किया है और इस पुस्तक में इन तीनों आयामों के प्रति मेरी श्रद्धा और आभार जुड़ा हुआ है।

सबसे पहले, मैं अपने शारीरिक शरीर के लिए अपने पहले गुरु, अपने माता-पिता को प्रणाम करता हूँ। उन्होंने मुझे इस जीवन में आने का अवसर दिया और जीवन के प्रारंभिक पथ पर मेरे पहले शिक्षक बने। उनके स्नेह, संरक्षण और संस्कारों के कारण ही मैंने इस संसार को समझना सीखा। उनका निःस्वार्थ प्रेम और मार्गदर्शन मेरे जीवन की आधारशिला हैं, जिनके बिना मेरी यात्रा अधूरी रहती।

भावनात्मक शरीर के क्षेत्र में, मैं अपनी जीवनसंगिनी, अपनी पत्नी को नमन करता हूँ। उनकी उपस्थिति मेरे जीवन का एक महत्वपूर्ण स्तंभ है। उनका असीम प्रेम, संबल और समर्पण मेरे जीवन को दिशा और स्थायित्व प्रदान करते हैं। उनके समर्थन के बिना, यह यात्रा अधूरी और कठिन होती। इसके साथ ही, मैं अपने जीवन में घटित उन सभी घटनाओं और उनसे जुड़े व्यक्तियों का भी आभार व्यक्त करता हूँ, जिन्होंने मेरे दिल पर अमिट छाप छोड़ी। चाहे वे सुखद हों या दुखद, इन घटनाओं ने मुझे परिपक्व बनाया और मेरे भीतर की संवेदनाओं को जागृत किया। उन सभी का भी आभार, जिनके आने और जाने ने मेरे जीवन में बदलाव लाया और मुझे कई नए पाठ सिखाए। इन अनुभवों ने मुझे यह सिखाया कि भावनाओं की शक्ति कितनी महत्वपूर्ण है, और इसी ने मुझे यह समझने में मदद की कि सच्चे साधक के लिए संयम और प्रेम दोनों ही आवश्यक हैं।

आध्यात्मिक शरीर के स्तर पर, मैं अपने आद्य गुरु, भगवान शंकर भोलेनाथ को शत-शत नमन करता हूँ। उनकी उपासना और उनके प्रति मेरी भक्ति ही मेरा आध्यात्मिक आधार

है। उनकी कृपा से ही मुझे इस मार्ग पर चलने का साहस मिला और उनके ही आशीर्वाद ने मुझे इस सत्य की ओर अग्रसर किया। साथ ही, उन सभी आत्माओं और गुरुओं का आभार, जिनकी शिक्षाओं ने मेरी आत्मा को तृप्त किया और मुझे मेरी आध्यात्मिक यात्रा में प्रेरणा दी। उनके ज्ञान ने मुझे अपने भीतर झांकने और अपनी आत्मा के साथ संवाद करने का साहस दिया।

यह पुस्तक मेरी साधना के अनुभवों, ज्ञान और मेरे व्यक्तिगत जीवन की विभिन्न शिक्षाओं का सार है। इसे लिखते हुए मेरा उद्देश्य केवल अपने विचारों को साझा करना नहीं है, बल्कि एक ऐसी यात्रा में आपका साथ देना है, जो हमें आत्मिक गहराई तक ले जाती है। इस पुस्तक में संकलित यह यात्रा हमें बताती है कि साधना का वास्तविक उद्देश्य हमारे मन, इन्द्रियों और आत्मा के बीच एक पवित्र सामंजस्य स्थापित करना है, जो हमें भौतिक सीमाओं से परे मोक्ष की प्राप्ति की ओर ले जाता है।

इस पुस्तक के माध्यम से, मैं यह आशा करता हूँ कि यह यात्रा आपके लिए भी उतनी ही लाभकारी और प्रेरणादायक हो जितनी मेरे लिए रही है। यह यात्रा केवल एक व्यक्ति की नहीं, बल्कि हम सबकी साझी यात्रा है – ज्ञान, अनुभव और आध्यात्मिकता की ऐसी यात्रा, जिसमें हम सभी एक-दूसरे से जुड़े हुए हैं।

आप सभी का कल्याण हो।
- ऋषि रोहित शर्मा

Introduction

आजकल कई लोग, विशेषकर युवा, अप्सरा साधना करने के लिए अत्यधिक उत्साहित रहते हैं, और इसका मुख्य कारण यह है कि वे सोचते हैं कि इस साधना से उन्हें अप्सराओं के साथ शारीरिक संबंध बनाने का अवसर मिलेगा। लेकिन ऐसे विचारों से किसी भी प्रकार की सफलता प्राप्त नहीं की जा सकती। अप्सराएं देवलोक की निवासी हैं, और देवलोक के सभी प्राणी देवताओं के समान पूजनीय होते हैं। उन्हें मात्र भोग-विलास या शारीरिक सुख के माध्यम के रूप में देखना अनुचित है। चाहे अप्सराएं कितनी भी सुंदर और आकर्षक क्यों न हों, यह समझना आवश्यक है कि उनका वास्तविक उद्देश्य हमारी इन्द्रियों और भावनाओं को संतुलित करने में सहायता करना है।

मैं, ऋषि रोहित शर्मा, आज आपसे कुछ महत्वपूर्ण सवाल पूछना चाहता हूँ, जो मेरे साधना के दौरान मेरे मन में आए थे। सोचिए, अगर आप एक सुंदर फूल को देखते हैं, तो क्या आप उससे शारीरिक संबंध बनाने का विचार करेंगे? बिल्कुल नहीं। इसी तरह, अगर आप किसी सुंदर नदी के किनारे खड़े होते हैं, तो क्या आपके मन में ऐसा विचार आएगा? नहीं। या फिर अगर आप कोई अद्भुत फिल्म देखते हैं, तो क्या आप उसके साथ किसी प्रकार का भौतिक संबंध बनाना चाहेंगे? नहीं। इन प्रश्नों से यह स्पष्ट होता है कि हमें अपनी सीमाओं और मर्यादाओं का सम्मान करना चाहिए और प्रत्येक चीज को उसकी वास्तविक दृष्टि से देखना चाहिए।

हम सभी पदार्थों से बने हैं, और यदि आप रसायनशास्त्र से परिचित हैं, तो आप जानते होंगे कि सभी तत्व एक-दूसरे के साथ संयोजन नहीं बना सकते। रासायनिक बंधन, चाहे वह सहसंयोजक हो या आयनिक, संतुलन में न होने पर विनाशकारी हो सकता है। ठीक उसी प्रकार, अप्सराएं कोई वस्तु नहीं हैं; वे हमारी इन्द्रियों के नियंत्रण और भावनाओं के संतुलन की प्रतीक हैं।

साधना का उद्देश्य हमारी इन्द्रियों को समझना और उनसे मुक्त होकर मोक्ष प्राप्त करना होता है। एक बार किसी ने प्रश्न किया कि यदि हनुमान जी ब्रह्मचारी थे, तो उन्होंने लंका में अप्सराओं को नृत्य करते हुए क्यों देखा? वहाँ सोई हुई स्त्रियों को गौर से क्यों देखा? क्या इस तरह इतनी स्त्रियों को ध्यान से देखने से उनका ब्रह्मचर्य भंग नहीं हुआ?

इस पर एक विद्वान ने बड़े सुंदर तरीके से उत्तर दिया और एक योगी और उनके शिष्य की कहानी सुनाई।

एक दिन योगी और शिष्य जंगल में यात्रा कर रहे थे, और उन्हें एक नदी पार करनी थी। एक सुंदर युवती ने शिष्य से मदद मांगी, पर उसने मना कर दिया क्योंकि उसके गुरु ने महिला को छूने से मना किया था। तब गुरु ने युवती को अपनी बाहों में उठाया और नदी पार करा दी। आश्रम लौटने पर शिष्य ने गुरु पर अपनी मर्यादा तोड़ने का आरोप लगाया। इस पर गुरु ने समझाया, "मैंने उसे सिर्फ सहायता के उद्देश्य से उठाया, लेकिन तुमने उसे वासना का साधन बना लिया। साधना का अर्थ है अपनी इन्द्रियों को नियंत्रित करना और वस्त्र पर न टिककर उसके पार देखना।"

यह कहानी हमें सिखाती है कि किसी भी वस्तु को उसकी शुद्ध दृष्टि से देखना चाहिए और अपनी साधना में इन्द्रियों को संयमित रखना चाहिए।

ईश्वर ने हमें इस संसार की सुंदरता को देखने के लिए आँखें दी हैं, और समझने के लिए मस्तिष्क। जब हम अपने मन और चेतना को नियंत्रित करना सीखते हैं, तभी साधना का वास्तविक उद्देश्य पूर्ण होता है। अप्सराएं केवल भोग-विलास का साधन नहीं हैं, वे सुंदरता की प्रतीक हैं, जो आत्मिक सुंदरता और शुद्धता की ओर इशारा करती हैं।

आप सभी का कल्याण हो।
- ऋषि रोहित शर्मा.

1. अप्सराओं का परिचय

अप्सराएँ—यह शब्द सुनते ही हमारे मन में ऐसी दिव्य सुंदरियों की छवि उभरती है, जिनकी महक मानो स्वर्ग के फूलों सी हो और जिनका नृत्य स्वयं सृष्टि की लय में झूमता हो। हिंदू और बौद्ध धर्म में, *अप्सराएँ* आकाशीय, दिव्य प्राणियाँ मानी जाती हैं, जो देवताओं की सभा में सौंदर्य और कला की प्रतिमूर्ति के रूप में प्रतिष्ठित हैं।

"अप्सराएँ, जो स्वर्ग की शोभा हैं,
उनकी मुस्कान में छिपी अनोखी कला हैं।"

अप्सराओं का वर्णन हमें प्राचीन शास्त्रों में बार-बार मिलता है। वे इंद्र की सभा में नृत्य करती हैं, देवताओं को प्रसन्न करती हैं, और अपनी मोहिनी शक्ति से संसार के हर प्राणी को आकर्षित कर लेती हैं। वे न केवल रूपवती हैं, बल्कि अपनी कला में निपुण भी हैं। उनका नृत्य ऐसा प्रतीत होता है मानो स्वयं सृष्टि का हर कण उनके कदमों की ताल पर झूम रहा हो।

अप्सराएँ: देवताओं की संगीत और नृत्य की म्यूसाएँ

अप्सराओं को देवताओं की म्यूसाएँ कहा जाता है—वे म्यूसाएँ, जो सुंदरता, नृत्य, और संगीत की प्रेरणा का स्रोत हैं। वे स्वर्ग के बागों में, जिनको *नंदन कानन* कहा जाता है, वास करती हैं, जहाँ उनका हर कदम एक संगीत रचता है, और उनका हर इशारा मानो किसी अलौकिक धुन को जन्म देता है। इंद्र के दरबार में उनका स्वागत सदा होता है, क्योंकि उनके नृत्य और गायन से देवताओं का हृदय खिल उठता है।

"स्वर्ग का संगीत उनकी लहरों में है,
नृत्य की ताल उनकी अदाओं में है।"

शास्त्रों में, विशेषकर *ऋग्वेद*, *महाभारत*, और *रामायण* में, अप्सराओं का उल्लेख दिव्य नर्तकियों और मोहिनी स्त्रियों के रूप में मिलता है। ऋग्वेद में उनकी उपमा जलधाराओं और वायु की सुंदर लहरों से की गई है—वे ऐसी प्राणियाँ हैं जो मानवों के हृदयों को प्रेरित करती हैं, देवताओं को आनंदित करती हैं और काव्य, संगीत, तथा नृत्य की देवी के रूप में जानी जाती हैं।

अप्सराओं की मोहिनी शक्ति

अप्सराएँ केवल नृत्य और संगीत में ही निपुण नहीं हैं, बल्कि उनकी मोहिनी शक्ति का प्रभाव भी अपार है। जब-जब किसी देवता या साधक की परीक्षा होती है, तब अप्सराएँ अपनी सजीव सुंदरता और सम्मोहन के बल से उन्हें विचलित करने का काम करती हैं। इन कहानियों में अप्सराएँ कभी मार्गदर्शक होती हैं, तो कभी परीक्षा की कठिनाई—वे मनुष्य और देवताओं के लिए प्रेरणा और परीक्षा दोनों का प्रतीक हैं।

> *"जिसकी नज़र में झलकते हैं स्वर्ग के फूल,*
> *उसके कदमों में बंधी हैं अनगिनत भूल।"*

अप्सराओं का आकर्षण साधकों के लिए एक चुनौती के रूप में आता है। उनकी सुंदरता में गहराई, मोहकता, और एक ऐसा रहस्य है, जिसे समझने के लिए मनुष्य को अपनी अंतर्निहित इच्छाओं को पहचानना पड़ता है।

अप्सराओं की विभाजन और विशेषताएँ

प्राचीन ग्रंथों में अप्सराओं को कई प्रकारों में बाँटा गया है। कुछ अप्सराएँ *नित्य अप्सराएँ* कहलाती हैं, जो सदैव स्वर्ग में वास करती हैं। कुछ *कन्या अप्सराएँ* होती हैं, जो युवा, अविवाहित, और मनमोहक होती हैं। इनके अलावा, *चारण*, *माया*, और *विष्णुकर्मा अप्सराएँ* भी हैं, जो विभिन्न प्रकार की विशेषताओं को दर्शाती हैं। इन प्रकारों का विस्तार से वर्णन आगे के अध्यायों में किया जाएगा, जहाँ हर अप्सरा के गुण और शक्तियों पर प्रकाश डाला जाएगा।

> *"स्वर्ग का फूल, धरती का उजाला,*
> *अप्सराएँ हैं देवताओं का नज़ारा।"*

अप्सराएँ मात्र सुंदरियों की प्रतिमूर्ति नहीं हैं; वे आत्मा की गहराइयों तक पहुँचने वाली दिव्य ऊर्जा हैं, जो जीवन को प्रेरणा और शक्ति से भर देती हैं। उनके बारे में जानने का अर्थ है सौंदर्य, संगीत, और जीवन के रहस्यों को समझना।

2. ऐतिहासिक और सांस्कृतिक पृष्ठभूमि

अप्सराओं का वैदिक काल में उद्भव

ऋग्वेद, जो कि सबसे प्राचीन भारतीय ग्रंथ है, उसमें अप्सराओं का उल्लेख जल की लहरों, स्वप्न जैसी धुंधली आकृतियों, और सृष्टि की कोमल लय के रूप में किया गया है। उन्हें कभी जल-देवियों के रूप में देखा गया, तो कभी उन रहस्यमयी नारियों के रूप में जो देवताओं के हृदयों में सौंदर्य और आनंद की भावना भर देती हैं। *ऋग्वेद* के मंत्रों में *अप्सराओं*को ऐसे अलौकिक व्यक्तित्वों के रूप में देखा गया है जो जलधाराओं के साथ बहती हैं और सौंदर्य की धारा को सजीव करती हैं।

> *"जल में बहती लहरों सी, मन में जागती उमंग,*
> *अप्सराएँ हैं स्वर्ग की, जीवन का मधुर रंग।"*

वैदिक परंपरा में अप्सराएँ उन देवी-प्रकृतियों का प्रतीक हैं जो सृष्टि की लय और सौंदर्य का संचार करती हैं। यह माना जाता है कि वे जल में उत्पन्न होती हैं, इसलिए उनके नाम में 'अप्' (जल) का भी प्रयोग हुआ है। उनकी यह जल से जुड़ी पहचान उनकी शीतलता, कोमलता और आकर्षण का प्रतीक मानी गई है।

महाभारत और रामायण में अप्सराएँ

महाभारत और *रामायण* में अप्सराओं का वर्णन विस्तार से मिलता है। महाभारत में, वे इंद्र की सभा में नृत्य और संगीत का प्रसार करने वाली देवियाँ मानी जाती हैं। कथा में अनेक जगह पर अप्सराओं का उल्लेख है कि कैसे उन्होंने वीरों और साधकों को उनकी तपस्या से विचलित किया। *उर्वशी* और *मेनका* जैसे अप्सराओं के प्रसंग इस महाकाव्य

में प्रसिद्ध हैं। महाभारत में यह भी कहा गया है कि अप्सराएँ देवताओं और ऋषियों के लिए सौंदर्य की प्रेरणा के स्रोत के रूप में काम करती हैं।

*रामायण*में, अप्सराएँ राम और लक्ष्मण की यात्रा के दौरान कई जगह प्रकट होती हैं, और उनके रूप और सौंदर्य का वर्णन उन्हें देवताओं की अनुपम सुंदरियाँ बनाता है। कथा में, जब हनुमान लंका पहुँचते हैं, तब वहाँ अप्सराओं का दृश्य प्रस्तुत किया गया है, जिससे यह स्पष्ट होता है कि वे हर लोक में पूजनीय और मनोहारी हैं। *रामायण*में अप्सराएँ केवल सौंदर्य और आकर्षण का ही प्रतीक नहीं हैं, बल्कि वे स्वर्ग के आदर्श और उच्चतम संस्कारों की भी प्रतीक हैं।

पुराणों में अप्सराओं का वर्णन

पुराणों में अप्सराओं का वर्णन विस्तृत और विविध रूपों में मिलता है। *विष्णु पुराण, भागवत पुराण,* और *अग्नि पुराण* में, अप्सराओं को स्वर्ग की प्रमुख देवियों के रूप में दर्शाया गया है जो मनुष्य और देवताओं के बीच सौंदर्य और प्रेम का संदेश लाती हैं। उनका मुख्य कार्य नृत्य और संगीत के माध्यम से देवताओं को प्रसन्न करना होता है।

पुराणों में अप्सराओं को इंद्र के आदेश पर संसार में भेजा जाता है ताकि वे ऋषियों और तपस्वियों की कठिन तपस्या को विघ्नित कर सकें। इन कहानियों में अप्सराएँ कभी साधकों के लिए परीक्षा का प्रतीक होती हैं, तो कभी प्रेम और सौंदर्य की अनुभूति का। *तिलोत्तमा, घृताची,* और *रंभा*जैसी अप्सराओं का विवरण इस बात को दर्शाता है कि वे केवल रूपवती नहीं, बल्कि अलौकिक शक्तियों की भी धनी हैं।

"जिनकी एक झलक में सृष्टि की मादकता,
वे अप्सराएँ हैं दिव्यता की अद्वितीयता।"

दक्षिण पूर्व एशिया में अप्सराओं का प्रभाव

भारतीय महाकाव्यों और पुराणों के साथ-साथ, अप्सराओं का प्रभाव दक्षिण पूर्व एशिया की संस्कृतियों में भी गहराई से पाया जाता है। *कंबोडिया* के *अंगकोर वाट मंदिर* में, अप्सराओं की भव्य मूर्तियाँ अंकित हैं। इन मूर्तियों में उनकी मोहक मुस्कान, अलंकृत वस्त्र, और नृत्य मुद्राएँ अद्भुत सुंदरता को दर्शाती हैं।

*कंबोडिया*में अप्सराएँ देवियों के रूप में पूजनीय मानी जाती हैं और उनकी छवि वहां की पारंपरिक कला और नृत्य में प्रतिबिंबित होती है। *थाईलैंड*में, *अप्सरा*का नृत्य एक प्रसिद्ध कला-रूप है, जिसे पवित्रता और सौंदर्य के प्रतीक के रूप में देखा जाता है। *जावा और*

*बाली*में भी अप्सराओं की पूजा होती है, और उनकी मूर्तियाँ, नृत्य कला और लोककथाओं में उनका चित्रण अनूठे रूपों में किया गया है।

"हिमालय से निकल कर अप्सराओं की सूरत,
पूरी धरती पर बिखर गईं जैसे प्रकृति की मूरत।"

अप्सराओं की यह सांस्कृतिक यात्रा दक्षिण पूर्व एशिया की कला, वास्तुकला, और साहित्य में दिखाई देती है, जिससे यह प्रतीत होता है कि उनकी दिव्यता केवल भारत तक सीमित नहीं रही, बल्कि उन्होंने अन्य संस्कृतियों में भी सौंदर्य और काव्य का प्रसार किया।

समापन

अप्सराएँ केवल भारत की मिथकीय कथा का हिस्सा नहीं हैं, बल्कि वे एशिया की सांस्कृतिक और धार्मिक धरोहर का भी अभिन्न अंग हैं। उनके रूप, लावण्य और मोहिनी शक्ति का वर्णन शास्त्रों में जितना सुंदर है, उतना ही वास्तविकता में भी है। उनके नृत्य, उनकी मृदु मुस्कान और उनकी मोहक दृष्टि एक ऐसी कथा रचती है जो युगों से मानवता को प्रेरित कर रही है।

"स्वर्ग की कलाएँ, पृथ्वी पर बसीं,
अप्सराएँ हैं मानव की सुंदरता का प्राचीन वसीला।"

३. प्रतीकात्मकता और महत्व

अप्सराएँ: सौंदर्य का प्रतीक

अप्सराओं को केवल एक सुंदर आकृति के रूप में देखना उनके वास्तविक अर्थ को समझने में कमी होगी। वे सौंदर्य का प्रतीक हैं, लेकिन यह सौंदर्य केवल बाहरी आकर्षण नहीं, बल्कि आत्मा की गहराइयों तक पहुँचने वाला सौंदर्य है। उनके रूप में वह दिव्यता झलकती है जो पृथ्वी पर केवल क्षणिक है। हर अप्सरा का चेहरा, उसकी चाल, उसके वस्त्र मानो स्वर्ग के रहस्य को अपने भीतर समेटे हुए हैं।

"जिसकी मुस्कान में झलकता है नीलगगन,
वह अप्सरा है, जो दिलों में भर देती है पावन अगन।"

अप्सराएँ उन देवियों की छवि हैं जो सृष्टि में सौंदर्य की संवेदना को प्रसारित करती हैं। उनका आकर्षण ऐसा है कि उनकी एक झलक से देवता भी स्तब्ध रह जाते हैं। वे हमें यह सिखाती हैं कि सौंदर्य केवल देखने का विषय नहीं है, बल्कि वह प्रेरणा का स्रोत भी हो सकता है।

कामना और आकर्षण का प्रतीक

अप्सराएँ कामना और आकर्षण की मूर्तियाँ भी हैं। उनके रूप और आकर्षण से कई ऋषि-मुनि अपनी साधना में विक्षिप्त हो गए, और कई देवताओं ने उनके सम्मोहन में स्वयं को खो दिया। यह कामना केवल प्रेम की नहीं, बल्कि जीवन में हर उस शक्ति की है जो हमें आगे बढ़ने के लिए प्रेरित करती है। अप्सराएँ हमारे भीतर की उन इच्छाओं को दर्शाती हैं जो हमें अपने लक्ष्य तक पहुँचने के लिए प्रेरित करती हैं।

"आकर्षण में छुपी है जीवन की छवि,
कामना में बसी है अप्सरा की शक्ति सभी।"

उनके सम्मोहन में वह ताक़त है जो मानवीय हृदय को विचलित कर सकती है, लेकिन साथ ही, वे यह भी सिखाती हैं कि कैसे आत्मा को सुंदरता और प्रेम की गहराई से भरा जा सकता है। उनकी कहानियाँ, उनके प्रसंग हमें यह सोचने पर मजबूर करते हैं कि क्या सौंदर्य केवल बाहरी होता है, या वह आत्मा का भी एक गुण हो सकता है।

उर्वरता और सृजन का प्रतीक

अप्सराएँ केवल आकर्षण और सौंदर्य का प्रतीक नहीं हैं; वे उर्वरता और सृजन की देवियाँ भी हैं। उनकी उपस्थिति से बंजर भूमि में हरियाली लौट आती है, और उनके कदमों से जीवन में एक नया उत्साह भर जाता है। जब वे नृत्य करती हैं, तो उनके नूपुर की ध्वनि से सृष्टि की लय में एक नया स्वर गूँजता है, और जब वे मुस्कुराती हैं, तो मानो प्रकृति में नवजीवन का संचार हो जाता है।

> *"जहाँ-जहाँ गिरा उनके पाँव का नूपुर,*
> *वहाँ-वहाँ खिला प्रकृति का सुगंधित पुर।"*

अप्सराओं की यह शक्ति हमें उर्वरता और सृजन के महत्व का ज्ञान कराती है। वे इस बात की प्रतीक हैं कि जीवन केवल भौतिक नहीं, बल्कि मानसिक और आध्यात्मिक उर्वरता भी आवश्यक है। उनकी उपस्थिति से यह सिद्ध होता है कि सृष्टि में हर तत्व का एक दिव्य उद्देश्य होता है।

प्रेरणा और मूसाएँ

अप्सराएँ प्रेरणा की प्रतिमूर्ति भी हैं। उनके नृत्य, उनकी संगीतमयी चाल, और उनकी नर्म मुस्कान से देवताओं के हृदय में सृजन की उमंग उठती है। उनका एक-एक अंग और एक-एक भाव मानो सृजन का संदेश लेकर आया हो। उनके नृत्य में लय, उनकी आवाज में संगीत और उनकी हरकतों में कविता छिपी है। इस प्रकार, वे न केवल देवताओं की, बल्कि मानवों की भी मूसाएँ हैं।

> *"जिसके नूपुर में छुपी है सरस्वती की धुन,*
> *वह अप्सरा है, कला का है जिससे अनूठा गुण।"*

अप्सराओं का यह रूप हमें यह सिखाता है कि जीवन में प्रेरणा और कला का महत्व क्या है। उनकी कहानियाँ उन कलाकारों को प्रेरणा देती हैं जो अपने अंदर कला की एक नयी दिशा ढूँढना चाहते हैं। उनकी मृदुता और कोमलता एक ऐसी शक्ति है जो किसी भी कलाकार को अपनी कला में ऊँचाई तक पहुँचने के लिए प्रेरित कर सकती है।

मोहिनी शक्ति और चेतना की चुनौती

अप्सराएँ मोहिनी शक्ति की मूर्तियाँ हैं, परंतु उनका सम्मोहन मात्र आकर्षण नहीं है; वह एक प्रकार की चेतना है, एक प्रकार की चुनौती है। जब वे साधकों के समक्ष आती हैं, तो उनका सौंदर्य साधकों की एक परीक्षा होती है—एक ऐसा अवसर जब साधक को अपने भीतर की इच्छाओं को पहचानना पड़ता है। उनकी सुंदरता हमें यह भी सिखाती है कि कैसे सौंदर्य में खो जाने के बजाय उसे एक प्रेरणा के रूप में देखना चाहिए।

> *"जिसके सम्मोहन में है एक गूढ़ रहस्य,*
> *वह अप्सरा है, जो सिखाती है भोग में संयम।"*

अप्सराओं का यह पक्ष हमें यह समझने में मदद करता है कि मोहिनी शक्ति का अर्थ केवल विकर्षण नहीं है, बल्कि आत्म-ज्ञान की राह पर एक परीक्षा भी है। उनके सम्मोहन से यह सीख मिलती है कि इच्छाओं को समझकर उनसे ऊपर उठने की आवश्यकता है।

स्त्रीत्व की आदर्श प्रतिमूर्ति

अप्सराएँ स्त्रीत्व के आदर्श स्वरूप का भी प्रतीक हैं। उनकी कोमलता, उनकी दयालुता, और उनकी शक्ति, ये सभी गुण उन्हें एक आदर्श नारी का प्रतीक बनाते हैं। वे प्रेम, समर्पण, और शक्ति का मिश्रण हैं। उनका यह रूप हमें नारीत्व की गरिमा को समझने में सहायक होता है। उनकी कहानियाँ हमें बताती हैं कि स्त्री केवल प्रेम और सुंदरता का प्रतीक नहीं है, बल्कि उसमें असीम शक्ति और दिव्यता भी है।

> *"कोमलता और दृढ़ता का मिला अनूठा रंग,*
> *वह अप्सरा है, जिसमें है नारी का प्रताप और ढंग।"*

अप्सराओं का यह स्त्रीत्व का आदर्श रूप उन्हें देवताओं के साथ-साथ मानवता का प्रेरणास्रोत बनाता है। वे हमें यह सिखाती हैं कि एक सशक्त नारी का अर्थ क्या है और कैसे वह अपनी शक्ति का उपयोग संसार के कल्याण के लिए कर सकती है।

समापन

अप्सराएँ केवल आकर्षण और सौंदर्य की प्रतीक नहीं हैं; वे सृजन, प्रेरणा, और नारीत्व के आदर्श रूप की भी मूर्तियाँ हैं। उनकी मोहिनी शक्ति हमें हमारे भीतर की इच्छाओं को पहचानने में सहायक होती है और उनका स्त्रीत्व हमें यह सिखाता है कि नारी का असली रूप क्या होता है। इस अध्याय में हमने अप्सराओं की प्रतीकात्मकता को समझा और यह जाना कि उनके सौंदर्य के पीछे कितनी गहरी और गूढ़ दिव्यता छिपी है।

4. उत्पत्ति की कथाएँ

अप्सराओं का दिव्य उद्गम

अप्सराओं का जन्म एक रहस्यमयी और दिव्य कथा के रूप में देखा जाता है। यह केवल एक साधारण उत्पत्ति नहीं है, बल्कि उनमें सृष्टि के गूढ़ तत्व और आकाशीय रहस्य समाहित हैं। अप्सराएँ, जो अपनी सुंदरता और आकर्षण से संसार को सजाती हैं, उनका जन्म ब्रह्मांड के उन अदृश्य सूत्रों से हुआ माना गया है, जहाँ प्रकृति और परमात्मा का मिलन होता है। वे केवल देवियों की मूर्तियाँ नहीं, बल्कि सृष्टि की गूढ़ता का प्रतीक हैं।

"जहाँ जल में बसी हो अग्नि की चिंगारी,
वहीं जन्म लेती है एक अप्सरा प्यारी।"

जल से उत्पन्न अप्सराएँ

अप्सराओं का एक प्रमुख उद्गम जल को माना गया है। ऋग्वेद में उनका संबंध जल और नदी के प्रवाह से जोड़ा गया है। जल को जीवन और उर्वरता का स्रोत माना जाता है, और इसी प्रकार अप्सराएँ भी जीवन में सौंदर्य और उर्वरता का संचार करती हैं। यह कहा गया है कि अप्सराएँ जल की लहरों में जन्मी हैं, और इस कारण उनका सौंदर्य शीतलता, कोमलता और धारा की निरंतरता का प्रतीक है।

"जल की लहरों से उभरी वह सजीव छवि,
अप्सरा का रूप बनी प्रकृति की नव शक्ति सभी।"

जल की तरह उनकी सुंदरता भी निरंतर और अद्भुत है। वह जीवन को नया रूप और दिशा देने वाली है, और उनकी यह जल से जुड़ी पहचान सृष्टि की आधारशिला को दर्शाती है। उनका नृत्य, उनकी चाल, और उनकी उपस्थिति जलधारा की तरह शीतल और मोहक होती है।

ऋषियों और मुनियों की कन्याएँ

कुछ पुराणों में, अप्सराओं को ऋषियों और मुनियों की कन्याओं के रूप में देखा गया है। यह कहा गया है कि जब देवताओं ने सृष्टि के विस्तार के लिए विशेष शक्तियों की आवश्यकता महसूस की, तब उन्होंने ऋषियों की तपस्या को प्रेरित किया, और उनके तप के परिणामस्वरूप अप्सराओं का जन्म हुआ।

उदाहरण के लिए, *घृताची, उर्वशी,* और *मेनका* जैसी अप्सराएँ महर्षियों की संतान मानी जाती हैं। इन अप्सराओं का जन्म इस बात का प्रतीक है कि कैसे पवित्र तप और साधना से सृजन की अलौकिक शक्तियाँ प्रकट हो सकती हैं। वे ऋषियों के संकल्प और साधना का प्रतिफल थीं, लेकिन साथ ही उनमें मोहकता और आकर्षण का वह गुण भी था, जो स्वर्गीय था।

> *"तप की ज्वाला में पकी वह मोहिनी छवि,*
> *ऋषियों के संकल्प से बनी अप्सरा सजीव सभी।"*

देवताओं की प्रेरणा और दिव्य सृष्टि

अप्सराओं का जन्म केवल ऋषियों से ही नहीं, बल्कि उन्हें देवताओं ने भी सृजा। माना जाता है कि *ब्रह्मा* और *इंद्र* जैसे देवताओं ने विशेष अवसरों पर अप्सराओं की सृष्टि की, ताकि वे स्वर्ग में आनंद और प्रेम का संचार कर सकें।

इंद्र के लिए, अप्सराएँ स्वर्ग का सौंदर्य और शक्ति थीं। *तिलोत्तमा* जैसी अप्सरा को विशेष रूप से इंद्र की प्रेरणा से सृजा गया, ताकि वह अपनी मोहिनी शक्ति से असुरों का अंत कर सके। तिलोत्तमा की रचना में सभी देवताओं ने अपने-अपने हिस्से का सौंदर्य जोड़ दिया, और इस प्रकार वह ऐसी अद्वितीय सुंदरी बनी, जिसकी उपमा मिलना कठिन है।

> *"हर देवता ने अपने हिस्से का रूप दिया,*
> *तब तिलोत्तमा ने जन्म लेकर स्वर्ग को सजाया।"*

विश्वकर्मा द्वारा निर्मित अप्सराएँ

विश्वकर्मा, जो देवताओं के दिव्य शिल्पी और वास्तुकार माने जाते हैं, उन्होंने भी कुछ विशेष अप्सराओं का निर्माण किया। विश्वकर्मा ने अपनी कला और कौशल से ऐसी अप्सराओं की सृष्टि की जो कला और संगीत में निपुण थीं। उनके द्वारा निर्मित अप्सराओं में सौंदर्य, ललित कला, और मोहकता का अद्भुत मिश्रण था। यह अप्सराएँ विशेषकर इंद्र की सभा के लिए बनाई गईं, ताकि वे देवताओं के मनोरंजन और सौंदर्य की अनुभूति का स्रोत बन सकें।

"विश्वकर्मा के हाथों का चमत्कार,
उन अप्सराओं का रूप था लाजवाब अपार।"

इन अप्सराओं का निर्माण यह दर्शाता है कि कैसे दिव्यता और कला का संगम एक अलौकिक सौंदर्य को जन्म दे सकता है। उनका नृत्य और संगीत देवताओं को आनंदित करता और सृष्टि में शांति का प्रसार करता।

सृष्टि के पाँच तत्वों से जन्मी अप्सराएँ

एक अन्य मत के अनुसार, कुछ अप्सराएँ सृष्टि के पाँच तत्वों—पृथ्वी, जल, अग्नि, वायु, और आकाश—से उत्पन्न मानी जाती हैं। इन तत्वों का संयोजन ही वह आधार बना, जिससे उनकी मोहकता और दिव्यता का निर्माण हुआ।

जल की शीतलता, *अग्नि* की दाहकता, *वायु* की लहराती लय, *पृथ्वी* का धैर्य, और *आकाश* की विशालता—इन सबने मिलकर अप्सराओं को एक ऐसा रूप दिया, जो अद्वितीय और अतुलनीय है। वे केवल एक सुंदर रूप नहीं हैं, बल्कि सृष्टि के मूल तत्वों का वह स्वरूप हैं, जो जीवन में रंग और प्रेरणा भरता है।

"पाँच तत्वों का जब हुआ संगम,
तब जन्मी वह अप्सरा जो है अति अनुपम।"

इस प्रकार, अप्सराएँ सृष्टि की दिव्यता का जीवंत उदाहरण हैं। उनके हर अंग में उन तत्वों का संतुलन है, जिनसे सृष्टि का निर्माण हुआ है।

समापन

अप्सराओं की उत्पत्ति के अनेक कथाएँ हैं, और हर कथा में उनके सौंदर्य, दिव्यता, और रहस्यमयी प्रकृति की झलक मिलती है। उनकी उत्पत्ति केवल एक साधारण घटना नहीं थी; वह एक दैवीय घटना थी, जो सृष्टि की अद्भुतता को प्रकट करती है। चाहे वे जल की लहरों से जन्मी हों, ऋषियों के संकल्प से उत्पन्न हुई हों, या देवताओं के सौंदर्य का परिणाम हों, हर कथा में उनकी अलौकिकता और सौंदर्य का बखान होता है।

"दिव्यता का जन्म, स्वर्ग का सौंदर्य,
अप्सराएँ हैं सृष्टि का वह मृदुल नाद जो देता आनंद अपार।"

5. अप्सराएँ और देवता

अप्सराएँ और देवताओं का अद्वितीय संबंध

अप्सराएँ केवल स्वर्ग की सुंदरियाँ नहीं हैं; वे देवताओं के साथ एक गहन और अनोखे संबंध में बंधी हुई हैं। उनकी उपस्थिति देवताओं के लिए आनंद और सृजन का स्रोत है। वे न केवल मनोरंजन और सौंदर्य की मूर्तियाँ हैं, बल्कि उनमें दिव्य शक्तियों के अनोखे गुण भी हैं, जो उन्हें देवताओं के कार्यों और योजनाओं का हिस्सा बनाते हैं। विशेषकर *इंद्र* के दरबार में उनकी उपस्थिति सजीवता, सौंदर्य और स्वर्ग के उल्लास का प्रतीक मानी जाती है।

"जिनकी छवि से सजता इंद्र का दरबार,
वो अप्सराएँ हैं, जो करती हैं देवों का श्रृंगार।"

इंद्र और अप्सराएँ: सौंदर्य, शक्ति, और सहयोग का संगम

इंद्र, जो स्वर्ग के राजा और वर्षा के देवता हैं, उनके दरबार में अप्सराओं का स्थान बहुत महत्वपूर्ण है। इंद्र के लिए, अप्सराएँ केवल सुंदर नर्तकियाँ नहीं, बल्कि स्वर्ग के जीवन की रगों में बहता रस हैं। उनका नृत्य, उनकी मुस्कान, और उनका मोहक स्वर मानो स्वर्ग को जीवंत बना देता है। इंद्र के दरबार में हर दिन अप्सराएँ अपने नृत्य और संगीत से देवताओं का स्वागत करती हैं और स्वर्गीय वातावरण को आनंदमय बनाती हैं।

"इंद्र का दरबार, जहाँ नृत्य में लहराती है लय,
वहाँ अप्सराएँ हैं, जहाँ सृष्टि में खिलता है नया व्यय।"

इंद्र ने अपनी शक्ति और अधिकार को सुरक्षित रखने के लिए कई बार अप्सराओं का उपयोग किया है। जब कोई ऋषि या तपस्वी अपनी साधना से स्वर्ग पर खतरा बन जाता है, तब इंद्र अपने साम्राज्य की रक्षा के लिए अप्सराओं को भेजते हैं। उनकी मोहिनी शक्ति और सौंदर्य से साधक का ध्यान भंग हो जाता है, और उसका तप बाधित हो जाता है। इस

प्रकार, अप्सराएँ इंद्र की शक्तिशाली सहायक हैं, जो देवताओं के शासन को संतुलित बनाए रखती हैं।

अप्सराएँ और अन्य देवता

ब्रह्मा और *विष्णु* जैसे अन्य देवताओं के साथ भी अप्सराओं का संबंध देखा गया है। ब्रह्मा, जो सृष्टि के रचयिता हैं, उन्होंने भी कई बार अप्सराओं का सृजन किया है। *तिलोत्तमा* का निर्माण ब्रह्मा ने इसीलिए किया था ताकि वह सुंदरता के अपने सर्वोत्तम रूप में रची जाए और असुरों का नाश कर सके।

> *"जिसे सृजित किया ब्रह्मा ने सुंदरता की अंतिम कड़ी,*
> *वो तिलोत्तमा, जिसके नृत्य से शत्रु की शक्ति थी घटड़ी।"*

विष्णु के साथ भी अप्सराओं का विशेष संबंध है। विष्णु, जो संसार की रक्षा और संतुलन का कार्य करते हैं, कई बार अपने कार्यों में अप्सराओं की सहायता लेते हैं। विष्णु की लीला में अप्सराएँ कभी प्रेम का संदेश लेकर आती हैं, तो कभी युगों के विकास में सहायता करती हैं। वे विष्णु की माया का एक हिस्सा मानी जाती हैं, जो संसार में सौंदर्य, प्रेम, और आनंद का प्रसार करती हैं।

अप्सराएँ: शिव और शक्ति के संदर्भ में

शिव के साथ अप्सराओं का संबंध थोड़ा गूढ़ और रहस्यमय है। शिव, जो तपस्या और ध्यान के देवता हैं, उनके पास अक्सर अप्सराएँ न पहुँच पाती हैं। परंतु कुछ पुराणों में ऐसा कहा गया है कि शिव ने कई बार अप्सराओं के सौंदर्य को एक चेतना के रूप में स्वीकारा है। शिव के लिए, अप्सराओं का सौंदर्य एक चुनौती है, जो तपस्या और ध्यान में स्थिरता को और दृढ़ बनाता है।

> *"तप में दृढ़, सौंदर्य में अचल,*
> *शिव के ध्यान में हैं अप्सराएँ, मोहिनी का अनमोल सिंगार।"*

यह माना जाता है कि पार्वती के साथ अप्सराओं का संबंध है, जो नारीत्व और शक्ति का प्रतीक हैं। अप्सराएँ पार्वती की शक्ति का एक अंश मानी जाती हैं, जो प्रेम और शक्ति के बीच एक संतुलन का प्रतीक बनाती हैं।

स्वर्ग में अप्सराओं का स्थान और भूमिका

अप्सराएँ केवल देवताओं के सहयोगी ही नहीं, बल्कि स्वर्ग की व्यवस्था का महत्वपूर्ण हिस्सा भी हैं। वे देवताओं के दरबार में नृत्य और संगीत का माध्यम बनती हैं। उनका स्थान देवताओं के बीच सर्वोच्च माना जाता है, क्योंकि उनके बिना स्वर्ग का जीवन अधूरा है।

इंद्र के दरबार में, अप्सराओं का हर नृत्य एक अनुष्ठान है, हर गीत एक प्रार्थना। जब वे नृत्य करती हैं, तो मानो प्रकृति के तत्व उनकी लय में मिल जाते हैं। उनके नूपुर की ध्वनि से स्वर्ग का आकाश गूंज उठता है, और देवता उनके सम्मोहन में खो जाते हैं। उनके बिना स्वर्ग केवल एक शुष्क स्थान होता, जिसमें न तो संगीत होता, न आनंद।

"स्वर्ग की शोभा में बसी अप्सराएँ,
जिनके नृत्य में सजीव हों देवता सभी।"

अप्सराएँ देवताओं की सभा में, उनके ध्यान को आकर्षित करने के साथ ही, उन्हें प्रेरणा और उल्लास का अनुभव कराती हैं। स्वर्ग का जीवन उनके बिना अपूर्ण होता, क्योंकि वे सृष्टि के उन तत्वों को जीवंत करती हैं जो अनादि काल से ब्रह्मांड में बसी हुई हैं।

अप्सराएँ: देवताओं के मध्य संतुलन का प्रतीक

अप्सराएँ केवल मनोरंजन का साधन नहीं हैं; वे देवताओं के मध्य संतुलन बनाए रखने का भी कार्य करती हैं। उनकी मोहिनी शक्ति से कभी-कभी देवताओं के बीच ईर्ष्या और असंतोष को भी संतुलित किया जाता है। उनका सौंदर्य, उनकी मृदुता और उनकी कला का अद्वितीय मिश्रण देवताओं के बीच एक शांतिपूर्ण वातावरण बनाता है।

"जहाँ देवताओं में होती है सौहार्द्र की साधना,
वहाँ अप्सराएँ देती हैं आनंद की विभूति और माधुरी।"

वे इस बात का प्रतीक हैं कि कैसे सौंदर्य और कला, जीवन में प्रेम और संतुलन का संचार कर सकती हैं। उनके होने से देवताओं का जीवन शांतिपूर्ण और आनंदमय बनता है।

समापन

अप्सराएँ देवताओं के जीवन का वह अनिवार्य हिस्सा हैं, जो स्वर्ग को जीवंत और पूर्ण बनाती हैं। उनका संबंध केवल सौंदर्य और नृत्य तक सीमित नहीं, बल्कि वे देवताओं की योजनाओं का एक महत्वपूर्ण हिस्सा भी हैं। उनकी उपस्थिति देवताओं को प्रेरणा देती है, उनके आनंद का कारण बनती है, और कठिन परिस्थितियों में सहायक भी बनती है।

"स्वर्ग का सौंदर्य, देवताओं की माया,
अप्सराएँ हैं सृष्टि का अनमोल खजाना।"

6. पौराणिक ब्रह्मांड में अप्सराएँ

ब्रह्मांडीय संरचना में अप्सराओं का स्थान

वैदिक और पौराणिक दृष्टिकोण से, अप्सराएँ केवल सौंदर्य की मूर्तियाँ नहीं हैं; वे उस दिव्य ब्रह्मांड का हिस्सा हैं, जहाँ हर तत्व एक उद्देश्य के साथ उपस्थित है। ब्रह्मांड की संरचना में अप्सराएँ उन तत्वों का प्रतीक हैं जो सौंदर्य, कला और चेतना को जीवंत बनाए रखते हैं। देवताओं की सभा में, प्रकृति की गहराइयों में, और स्वर्ग के हर कोने में उनकी उपस्थिति महसूस की जा सकती है।

> "जहाँ सूर्य की किरणों में हो जीवन की आशा,
> वहाँ अप्सराएँ बसीं, बनकर सृष्टि की परिभाषा।"

वैदिक और पौराणिक ग्रंथों में, अप्सराओं का वर्णन सृष्टि के उन रहस्यमय तत्वों के रूप में किया गया है जो स्वर्ग, पृथ्वी, और मानव हृदय में रसमयता का संचार करती हैं।

वैदिक ब्रह्मांड में अप्सराओं का योगदान

ऋग्वेद और अन्य वैदिक ग्रंथों में, अप्सराओं को प्रकृति के तत्वों से जोड़कर देखा गया है। उनका संबंध जल और वायु से जोड़ा गया है—जल में उनकी लय, वायु में उनकी गति। यह कहा जाता है कि अप्सराएँ जलधाराओं में निवास करती हैं और नदियों में प्रवाहित होती हैं। उनकी यह उपस्थिति जल के प्रतीकात्मक अर्थ को गहराई देती है; जल जो जीवनदायी है, और अप्सराएँ, जो सौंदर्य और कला की जीवनदायिनी हैं।

> "जलधाराओं में है जिनकी मृदुल चाल,
> वह अप्सराएँ हैं, सृष्टि का अनुपम भाल।"

वैदिक ब्रह्मांड में अप्सराएँ उस चेतना की प्रतीक हैं जो मनुष्य को जीवन के उच्चतर स्तर पर ले जाती है। उनका सौंदर्य, उनकी लय, और उनका आभास मानव हृदय में सौंदर्य की

प्रेरणा जागृत करता है। वे हमें यह सिखाती हैं कि ब्रह्मांड केवल पदार्थ का समूह नहीं है; यह एक सुंदर, लहराती, संगीत से भरी यात्रा है।

पौराणिक ब्रह्मांड में अप्सराओं की भूमिका

पुराणों में अप्सराओं का वर्णन और भी व्यापक और महत्वपूर्ण है। *भागवत पुराण, विष्णु पुराण*, और *अग्नि पुराण* में उनका स्थान देवताओं की सभा और स्वर्ग की शोभा में सर्वोपरि माना गया है। पौराणिक मान्यता के अनुसार, जब ब्रह्मांड का निर्माण हुआ, तो अप्सराएँ उस सृष्टि का एक महत्वपूर्ण हिस्सा बनीं।

जब देवताओं ने *समुद्र मंथन* किया, तब अमृत के साथ-साथ अप्सराओं का प्रकट होना यह दर्शाता है कि उनका सौंदर्य और आकर्षण सृष्टि का एक अनिवार्य तत्व है। जैसे अमृत जीवनदायी है, वैसे ही अप्सराओं का सौंदर्य और नृत्य देवताओं के लिए प्रेरणा का स्रोत है।

"मंथन में उभरी वह दिव्यता का रंग,
अप्सराएँ हैं, जो लाती हैं स्वर्ग में अनमोल संग।"

अप्सराएँ: स्वर्ग और पृथ्वी के मध्य एक सेतु

पौराणिक कथाओं में, अप्सराओं को स्वर्ग और पृथ्वी के बीच एक सेतु के रूप में देखा गया है। वे स्वर्ग की दिव्यता को पृथ्वी पर लाती हैं और देवताओं के संदेशवाहक के रूप में कार्य करती हैं। उनकी मोहिनी शक्ति देवताओं को संतुष्ट करने के साथ-साथ साधकों की परीक्षा लेने के लिए भी प्रयुक्त होती है।

जब कोई साधक अपनी तपस्या से देवताओं को चुनौती देने की स्थिति में आता है, तब अप्सराएँ उसे विचलित करने के लिए भेजी जाती हैं। इस प्रकार वे ब्रह्मांडीय संतुलन बनाए रखने में सहायक होती हैं। उनके नृत्य और संगीत में एक शक्ति होती है जो साधकों के मन में आकर्षण और इच्छा का संचार कर देती है, और इस प्रकार देवताओं का संतुलन बना रहता है।

"स्वर्ग से धरती तक उनकी पावन रेखा,
अप्सराएँ हैं, जो जोड़ती हैं दोनों का सेतु ये एक।"

दिव्य क्रम में अप्सराओं का स्थान

ब्रह्मांडीय क्रम में, अप्सराएँ सौंदर्य और कलात्मकता की मूसाएँ हैं। वे सृष्टि की उस लय का प्रतीक हैं, जो निरंतर प्रवाहित हो रही है। उनके नृत्य से स्वर्ग में एक ताल बनती है, जो

देवताओं के बीच शांति और संतुलन का प्रतीक है। उनका संगीत वह धुन है जो सृष्टि के कण-कण में गूँजता है, मानो सृष्टि की आत्मा को एक माधुर्य प्रदान करता है।

"जिसकी ताल में बसी है सृष्टि की धुन,
वह अप्सरा है, सृजन का अनूठा स्पंदन।"

अप्सराएँ देवताओं की कृपा और आनंद को साकार करती हैं। जब देवता किसी बड़े कार्य में सफल होते हैं, तो अप्सराएँ अपनी कला से उन्हें सम्मानित करती हैं। उनका नृत्य, उनका संगीत मानो ब्रह्मांड का ही एक उत्सव हो। वे केवल नर्तकियाँ नहीं, बल्कि ब्रह्मांडीय उत्सव का हिस्सा हैं जो सृष्टि की हर नई शुरुआत का स्वागत करती हैं।

समुद्र मंथन और अप्सराओं का जन्म

समुद्र मंथन का वर्णन पौराणिक ब्रह्मांड में अप्सराओं के महत्व को और गहरा बनाता है। यह माना जाता है कि समुद्र मंथन के दौरान जब अमृत और अन्य अद्भुत वस्तुएँ प्रकट हुईं, तब साथ में अप्सराएँ भी प्रकट हुईं। वे इस बात का प्रतीक हैं कि दिव्यता और सौंदर्य का जन्म संघर्ष और मंथन से होता है।

"मंथन की लहरों में छुपा था जीवन का सार,
जब जन्मीं अप्सराएँ, तब मिला स्वर्ग का उपहार।"

समुद्र मंथन से निकली अप्सराएँ केवल आकर्षण का प्रतीक नहीं थीं; वे इस बात का प्रमाण थीं कि सृष्टि की सुंदरता और मोहकता का गूढ़ रहस्य संघर्ष और सहनशीलता में बसा है। उनके रूप और सौंदर्य ने सृष्टि को एक नया आयाम दिया और देवताओं के जीवन में आनंद का संचार किया।

समापन

वैदिक और पौराणिक दृष्टिकोण से, अप्सराएँ ब्रह्मांड की उन शक्तियों का प्रतीक हैं, जो जीवन में सौंदर्य, लय, और संतुलन का संचार करती हैं। वे जल की धारा में बहती हैं, वायु में लहराती हैं, और स्वर्ग में अपनी मोहकता से जीवन को सजाती हैं। उनके बिना स्वर्ग अधूरा है, और उनकी उपस्थिति ब्रह्मांड में सौंदर्य और प्रेम की एक अनिवार्य धारा के रूप में प्रवाहित होती है।

"सृष्टि का संगीत, स्वर्ग का स्पर्श,
अप्सराएँ हैं ब्रह्मांड का अनमोल पर्व।"

7. अप्सराओं के लोक

स्वर्ग लोक

स्वर्ग—यह नाम सुनते ही एक ऐसी अलौकिक जगह की छवि उभरती है, जहाँ हर तरफ शांति, सौंदर्य, और संगीत का साम्राज्य है। देवताओं के इस स्वर्ग में, जहाँ इंद्र का शासन चलता है, अप्सराओं का एक विशेष स्थान है। वे स्वर्ग के हर कोने में अपनी मोहकता और कलात्मकता का प्रसार करती हैं, मानो स्वर्ग की आत्मा ही उनकी लय और नृत्य में बसी हो।

"जहाँ स्वर्ग में सजीव हो हर कण,
वहाँ अप्सराएँ हैं, सौंदर्य की अनमोल धन।"

अप्सराओं का मुख्य निवास इंद्र का दरबार है, जिसे *अमरलोक* भी कहा जाता है। यहाँ पर वे इंद्र और अन्य देवताओं को अपने नृत्य, संगीत, और मोहिनी शक्ति से आनंदित करती हैं। उनकी उपस्थिति से स्वर्ग का हर दिन एक उत्सव सा प्रतीत होता है।

इंद्र का दरबार और अप्सराओं की भूमिका

इंद्र—देवताओं के राजा और वर्षा के अधिपति—का दरबार हमेशा अप्सराओं की उपस्थिति से सजीव और आलोकित रहता है। इंद्र के लिए अप्सराएँ केवल मनोरंजन का साधन नहीं, बल्कि स्वर्ग की शोभा और गरिमा का एक आवश्यक अंग हैं। जब इंद्र की सभा में देवताओं का मिलन होता है, तो अप्सराओं का नृत्य और संगीत स्वर्गीय उत्सव का माहौल बनाते हैं।

"इंद्र के दरबार में जब गूँजती नूपुर की झंकार,
स्वर्ग की दिव्यता में बहता है उनका अनोखा प्यार।"

अप्सराएँ स्वर्ग में आनंद, उल्लास और सौंदर्य का प्रतीक हैं। वे इंद्र के आदेश पर देवताओं के समक्ष अपनी कला का प्रदर्शन करती हैं, जिससे स्वर्ग का वातावरण सजीव हो उठता है। उनका हर नृत्य मानो सृष्टि की लय को दर्शाता है, और उनके गान में उस दिव्य संगीत की झलक है, जो ब्रह्मांड के हर कोने में सुनाई देती है।

अप्सराओं का जीवन: स्वर्गीय कर्तव्य और सौंदर्य की साधना

अप्सराओं का जीवन स्वर्ग में एक अनोखी साधना है। वे सौंदर्य, संगीत, और नृत्य की देवियाँ हैं, और उनका हर कार्य सजीवता का प्रतीक है। उनका नृत्य स्वर्ग के उत्सवों में जीवन भरता है, और उनके गीत देवताओं के मन को शांति और आनंद से भर देते हैं। उनके वस्त्र सुनहरी धागों से बने होते हैं, और उनका सौंदर्य ऐसा है कि देवता भी उनकी ओर देखकर आश्चर्यचकित हो जाते हैं।

> *"स्वर्ण वस्त्र में बसी सुंदरता की छवि,*
> *वह अप्सराएँ हैं, जो देती हैं स्वर्ग को नई रवि।"*

अप्सराओं का जीवन केवल सौंदर्य और कला तक सीमित नहीं है; वे स्वर्ग में देवताओं की सेवा भी करती हैं। जब देवता युद्ध से लौटते हैं या थके होते हैं, तो अप्सराएँ उन्हें अपने गीतों और नृत्य से पुनः ऊर्जा प्रदान करती हैं। उनकी उपस्थिति से देवताओं का मन निर्मल हो जाता है, और उनका हर गीत देवताओं के भीतर शांति का संचार करता है।

अप्सराएँ और स्वर्ग के उत्सव

स्वर्ग में कई तरह के उत्सव होते हैं, और हर उत्सव में अप्सराओं की भूमिका महत्वपूर्ण होती है। *इंद्रध्वज महोत्सव, विजयदशमी,* और *देवताओं का मिलन पर्व* जैसे त्योहारों में अप्सराएँ अपने अद्वितीय नृत्य और संगीत से देवताओं को आनंदित करती हैं। उनके नृत्य से स्वर्ग का आकाश गूँज उठता है, और देवता उनकी लय में बह जाते हैं।

> *"जिनके नृत्य में हो पर्व की मिठास,*
> *वो अप्सराएँ हैं, स्वर्ग की मधुमास।"*

अप्सराओं का नृत्य देवताओं के उत्सवों का एक अनिवार्य हिस्सा है। उनके गीतों में उस दिव्यता का अनुभव होता है, जो केवल स्वर्ग में ही संभव है। उनकी उपस्थिति से स्वर्ग के उत्सव एक भव्य रूप लेते हैं, और देवताओं का हृदय आनंदित हो उठता है।

स्वर्ग में अप्सराओं का जीवन और स्वतंत्रता

स्वर्ग में रहते हुए भी अप्सराओं को एक प्रकार की स्वतंत्रता प्राप्त है। वे अपनी इच्छा से नृत्य करती हैं, संगीत रचती हैं, और अपने सौंदर्य की साधना करती हैं। उनका यह स्वर्गीय जीवन इस बात का प्रतीक है कि आत्मा की स्वतंत्रता और सौंदर्य की साधना का स्थान केवल पृथ्वी पर ही नहीं, बल्कि स्वर्ग में भी है।

उनकी स्वतंत्रता में एक दिव्यता है, जिसमें कोई बंधन नहीं, कोई सीमा नहीं। वे स्वर्ग में स्वतंत्र होकर अपने नृत्य का अभ्यास करती हैं, संगीत रचती हैं, और प्रकृति के साथ एकाकार होती हैं। उनकी इस स्वतंत्रता में वह शक्ति है जो सृष्टि के हर कण को सजीव बनाती है।

"स्वर्ग में जहाँ बहती है स्वतंत्रता की धारा,
वहाँ अप्सराएँ हैं सौंदर्य का अनूठा सहारा।"

इंद्र का आदेश और अप्सराओं की दायित्व

स्वर्ग में अप्सराएँ इंद्र के आदेशों का पालन करती हैं। कभी-कभी इंद्र उन्हें पृथ्वी पर भेजते हैं, ताकि वे वहाँ किसी साधक की तपस्या में विघ्न डाल सकें। यह अप्सराओं का एक विशेष कार्य है, जिसमें उनकी मोहिनी शक्ति और सौंदर्य का उपयोग किया जाता है। उनके आकर्षण से साधक का ध्यान भंग हो जाता है, और वह अपनी तपस्या में एकाग्र नहीं रह पाता।

अप्सराएँ न केवल इंद्र के आदेश का पालन करती हैं, बल्कि उनके द्वारा सृष्टि के संतुलन को बनाए रखने का कार्य भी करती हैं। उनका यह कार्य केवल मनोरंजन या साधना भंग करने तक सीमित नहीं है; यह ब्रह्मांडीय संतुलन का एक हिस्सा है।

"जिसके आदेश से पृथ्वी पर फैला सौंदर्य का गीत,
वह इंद्र के आदेश से चलती, अप्सराओं की मीत।"

गंधर्व लोक

गंधर्व लोक: अप्सराओं और गंधर्वों का संगीतमय संसार

गंधर्व लोक—यह वह अद्भुत, दिव्य स्थान है जहाँ संगीत, नृत्य, और आनंद के स्वर निरंतर गूँजते हैं। यहाँ *गंधर्व* (दिव्य संगीतकार) और *अप्सराएँ* एक साथ निवास करते हैं, और उनकी उपस्थिति से यह लोक स्वर्गीय सौंदर्य का प्रतीक बन गया है। गंधर्व लोक में

अप्सराएँ और गंधर्व अपनी कला में निपुण हैं; उनका हर नृत्य, हर संगीत मानो ब्रह्मांड की लय का एक हिस्सा हो।

"जहाँ संगीत की हर लहर में छुपा है दिव्यता का राज,
वहाँ अप्सराएँ और गंधर्व गाते हैं सृष्टि का साज।"

गंधर्व लोक में अप्सराएँ गंधर्वों के साथ नृत्य करती हैं और उनकी धुनों पर थिरकती हैं। उनका यह संगीत जीवन के रहस्यों को सजीव बनाता है, और यहाँ के प्रत्येक धुन में आत्मा को छू लेने वाला एक अलौकिक सौंदर्य है।

गंधर्व और अप्सराएँ: कला का दैवी संगम

गंधर्व, जिन्हें देवताओं के संगीतकार कहा जाता है, अपनी कला में निपुण होते हैं। उनके गीतों और संगीत में वह शक्ति है जो आत्मा को शांति और आनंद का अनुभव कराती है। अप्सराएँ गंधर्वों की संगीत की लहरों पर नृत्य करती हैं, जिससे उनकी सुंदरता और मोहकता का संगम बनता है। इस संगम में एक दिव्यता है, जो स्वर्ग के वातावरण को सजीव और आनंदमय बनाती है।

"गंधर्व की धुन और अप्सरा की चाल,
सृष्टि का यह संगम, अनुपम और बेमिसाल।"

गंधर्व और अप्सराएँ मिलकर देवताओं को प्रसन्न करते हैं और स्वर्ग को एक अद्वितीय स्थान बनाते हैं। उनके संगीत में एक ऐसा आकर्षण है जो जीवन में शांति और आनंद का संदेश देता है। वे केवल संगीत और नृत्य के अदाकार नहीं हैं; वे उस दिव्य सौंदर्य के प्रतीक हैं, जो सृष्टि की रचना का आधार है।

गंधर्व लोक का सांस्कृतिक और धार्मिक महत्व

गंधर्व लोक केवल एक स्वर्गीय स्थान नहीं है; यह भारतीय संस्कृति और धर्म में कला और संगीत के आदर्श का प्रतीक है। पौराणिक कथाओं में गंधर्वों और अप्सराओं के संगीत को उस लय और माधुर्य का आधार माना गया है, जो मनुष्य को आत्मा की गहराइयों तक पहुँचाता है। उनका संगीत और नृत्य देवताओं के लिए एक आध्यात्मिक प्रार्थना के रूप में देखा जाता है, जिसमें प्रेम, शांति, और भक्ति का संदेश समाहित है।

"जहाँ गूंजती हो प्रेम की सरगम,
वह गंधर्व लोक है, जहाँ सजती है भक्ति की रागिनी हरदम।"

गंधर्व लोक में अप्सराओं का नृत्य और गंधर्वों का संगीत इस बात का प्रतीक है कि कला और सौंदर्य की साधना केवल भौतिक स्तर पर ही नहीं, बल्कि आध्यात्मिक ऊँचाइयों पर भी संभव है। यहाँ के हर स्वर, हर ताल में आत्मा की दिव्यता का एहसास होता है, जो स्वर्ग के इस अद्वितीय लोक को मानवता के लिए प्रेरणा का स्रोत बनाता है।

स्वर्गीय संगीत और मानवता के लिए संदेश

गंधर्व लोक का संगीत और अप्सराओं का नृत्य एक ऐसी शक्ति है जो स्वर्ग से मानवता तक पहुँचता है। भारतीय परंपराओं में ऐसा माना गया है कि गंधर्व और अप्सराओं का संगीत पृथ्वी के संगीतकारों और कलाकारों के लिए प्रेरणा का स्रोत है। जब कोई कलाकार अपनी कला में लय और माधुर्य को पाता है, तो यह उस दिव्य लोक की ही छवि होती है, जो गंधर्वों और अप्सराओं के माध्यम से सजीव होता है।

"स्वर्ग से आई लहरों का स्पर्श,
मनुष्य के गीत में बसी उस लोक की महक।"

गंधर्व लोक का संगीत मानव हृदय को स्वर्ग की मिठास और शांति से भर देता है। यह संगीत आत्मा को उस आनंद से परिचित कराता है, जो केवल दिव्य लोक में ही पाया जा सकता है। इस प्रकार, गंधर्व लोक का संगीत और अप्सराओं का नृत्य केवल देवताओं के लिए नहीं, बल्कि मानवता के लिए भी एक संदेश है, जो प्रेम, शांति, और सौंदर्य का प्रतीक है।

अन्य दिव्य लोकों में अप्सराओं की उपस्थिति

गंधर्व लोक के अलावा, अप्सराओं की उपस्थिति अन्य दिव्य लोकों में भी मानी जाती है। पौराणिक कथाओं में, अप्सराएँ कभी-कभी *सिद्धलोक, चरणलोक,* और *नागलोक* जैसी जगहों पर भी प्रकट होती हैं। ये लोक दिव्यता, ज्ञान, और रहस्य के अद्भुत क्षेत्र हैं। वहाँ अप्सराएँ विभिन्न रूपों में दिखाई देती हैं, और उनकी उपस्थिति वहाँ के निवासियों को सौंदर्य और कला का संदेश देती है।

"जहाँ हर लोक में हो सौंदर्य की बांसुरी,
वहाँ अप्सराएँ हैं, जो बिखेरती हैं दिव्यता की खुमारी।"

सिद्धलोक में वे संतों और साधकों को उनके ध्यान में सहायता करने वाली देवियों के रूप में मानी जाती हैं। नागलोक में उनका एक मोहक और रहस्यमय रूप है, जहाँ वे सर्पों के देवताओं के बीच रहकर कला और आकर्षण की शक्ति का प्रतीक हैं। इन दिव्य लोकों

में अप्सराओं की उपस्थिति इस बात का प्रतीक है कि उनका सौंदर्य, कला, और लय केवल स्वर्ग तक ही सीमित नहीं, बल्कि ब्रह्मांड के हर कोने में फैला हुआ है।

दिव्यता का प्रतीक: गंधर्व लोक और अप्सराएँ

गंधर्व लोक और अप्सराएँ सृष्टि की उस दिव्यता का प्रतीक हैं, जो सौंदर्य, कला, और संगीत में समाहित है। गंधर्वों का संगीत और अप्सराओं का नृत्य यह दर्शाता है कि जीवन में संतुलन और लय कितने आवश्यक हैं। वे इस बात का प्रतीक हैं कि सृष्टि का हर कण अपनी लय में है और इस लय को बनाए रखना ही सच्ची कला की साधना है।

"जहाँ लय में बहता हो प्रेम का अमृत,
वहाँ गंधर्व और अप्सराएँ बनती हैं दिव्यता का सुरभित स्मरण।"

उनकी यह दिव्यता और उनकी उपस्थिति सृष्टि के सभी लोकों को प्रेरित करती है, चाहे वह देवताओं का स्वर्ग हो, सिद्धों का लोक हो, या नागों का रहस्यमय लोक। अप्सराएँ और गंधर्व अपनी कला से सभी लोकों में शांति, सौंदर्य, और प्रेम का प्रसार करते हैं।

पृथ्वी और पाताल के लोक

अप्सराओं का पृथ्वी पर अवतरण

स्वर्ग की अप्सराएँ, जिनका नृत्य और संगीत देवताओं को प्रसन्न करता है, कभी-कभी अपने स्वर्गीय लोक से उतरकर पृथ्वी पर भी आती हैं। उनका यह अवतरण देवताओं के आदेश पर होता है, लेकिन इसके पीछे गहरा दैवीय उद्देश्य छिपा होता है। जब अप्सराएँ पृथ्वी पर उतरती हैं, तो उनका सौंदर्य और आकर्षण इस भूमि को अलौकिक छवि में परिवर्तित कर देता है। उनके कदमों से मानो पृथ्वी पर स्वर्ग का स्पर्श होता है।

"जब स्वर्ग से उतरें वे मोहक रूप वाली,
तो पृथ्वी पर बिखर जाए स्वर्ग की लाली।"

अप्सराओं का पृथ्वी पर आना केवल देवताओं के संदेश या आदेश का पालन करना नहीं है; यह एक तरह से ब्रह्मांडीय एकता का प्रतीक है। जब वे यहाँ आती हैं, तो उनके रूप में आत्मा की शुद्धता और सौंदर्य का प्रवाह होता है, जिससे मानवीय आत्माएँ भी प्रेरित होती हैं।

पृथ्वी पर अप्सराओं की कहानियाँ

पौराणिक ग्रंथों में ऐसी कई कहानियाँ हैं जिनमें अप्सराओं ने पृथ्वी पर आकर किसी साधक, योद्धा, या राजकुमार को मोह लिया। *उर्वशी* और *पुरुरवा* की कथा इसका एक अद्वितीय उदाहरण है। उर्वशी, जो स्वर्ग की एक प्रमुख अप्सरा थीं, देवताओं के आदेश से पृथ्वी पर आईं और वहाँ उनका प्रेम राजा पुरुरवा के साथ हुआ। उनके प्रेम में वह अनूठा आकर्षण था जो पृथ्वी के जीवन में एक अद्वितीय मधुरता भरता है।

> *"पृथ्वी के प्रेम में जो स्वर्ग की सुंदरी बसी,*
> *वह उर्वशी है, जो प्रेम की महक में रची।"*

इस प्रकार की कथाओं में, अप्सराएँ कभी प्रेम का प्रतीक बनकर आती हैं, तो कभी किसी तपस्वी की परीक्षा लेने के लिए। उनकी मोहकता साधकों को अपने साधना पथ पर अविचलित रहने का सबक देती है। उनके आने से मानवीय हृदय में प्रेम, सौंदर्य, और आत्म-ज्ञान की चेतना जागती है, जो उसे एक उच्चतर मार्ग पर ले जाती है।

पाताल में अप्सराओं की उपस्थिति

अप्सराओं का केवल पृथ्वी पर ही नहीं, बल्कि कभी-कभी *पाताल* या अधोलोक में भी प्रकट होना माना जाता है। पाताल का यह लोक, जो रहस्य और अंधकार का प्रतीक है, वहाँ अप्सराओं की उपस्थिति एक अलग मायने में समझी जाती है। पाताल में उनका अवतरण उस अदृश्य संसार में सौंदर्य और शांति का प्रतीक है, जहाँ अन्यथा केवल अज्ञानता और भ्रम का वास होता है।

> *"अधोलोक की गहराई में जब सौंदर्य करे प्रवेश,*
> *वह अप्सरा की छवि है, जो अंधकार को दे प्रकाश का संदेश।"*

कुछ कथाओं में यह कहा गया है कि जब नागों के देवता या अन्य पातालवासी अप्सराओं के आकर्षण में बंध जाते हैं, तो उनके हृदय में भी सौंदर्य और प्रेम की धारा बहने लगती है। उनकी उपस्थिति वहाँ भी एक दिव्य संदेश का प्रतीक है, मानो यह बताने के लिए कि कोई भी स्थान सौंदर्य और प्रेम से अछूता नहीं रह सकता।

पृथ्वी और पाताल में अप्सराओं का ब्रह्मांडीय संतुलन

अप्सराओं का स्वर्ग से पृथ्वी और पाताल तक आना, ब्रह्मांड के संतुलन का प्रतीक है। उनके द्वारा लोकों के बीच इस गतिमानता से यह सिद्ध होता है कि ब्रह्मांड के सभी भाग एक-दूसरे से जुड़े हुए हैं। उनका यह आवागमन उस दिव्यता को दर्शाता है जो हर स्थान में बसी है।

जब अप्सराएँ पृथ्वी पर उतरती हैं, तो उनका आकर्षण और मोहकता साधकों की तपस्या को चुनौती देती है। इस प्रकार उनका प्रभाव आत्मा को उसकी सीमाओं से परे जाने का प्रोत्साहन देता है। और जब वे पाताल में आती हैं, तो उनकी उपस्थिति वहाँ अंधकार और गहराई में भी एक प्रकाश और शांति का अनुभव करवाती है।

"स्वर्ग से धरती तक और धरती से पाताल तक,
अप्सराएँ हैं ब्रह्मांड की धारा, जो जोड़ती सबको एक धागा।"

मानव जीवन में अप्सराओं का प्रभाव

जब अप्सराएँ पृथ्वी पर आती हैं, तो वे न केवल देवताओं के आदेश का पालन करती हैं, बल्कि मानव जीवन को अपने आकर्षण और कला से सजाती हैं। उनके नृत्य और संगीत से मानव जीवन में प्रेम, सौंदर्य, और आनंद का संचार होता है। उनका आगमन मानो पृथ्वी पर सौंदर्य की एक दिव्य लहर का प्रवाह है, जो आत्मा को सजीव बनाता है।

"जिसके नूपुर की ध्वनि में बसी हो सृष्टि की गूंज,
वह अप्सरा है, जो मानव जीवन में भरती है अनूठा सन्देश।"

उनकी कहानियाँ हमें यह सिखाती हैं कि प्रेम, सौंदर्य, और आत्म-ज्ञान एक ही सत्य के विभिन्न रूप हैं। उनकी मोहिनी शक्ति हमें यह बताती है कि सृष्टि का हर अंश एक दिव्य प्रभाव से जुड़ा हुआ है, और हर आत्मा उस दिव्यता का एक अंश है।

पृथ्वी और पाताल में अप्सराओं का प्रतीकात्मक अर्थ

अप्सराओं का पृथ्वी और पाताल में आना यह दर्शाता है कि दिव्यता हर लोक में व्याप्त है। उनका यह आवागमन यह सिद्ध करता है कि जीवन में संतुलन, प्रेम, और सौंदर्य का अनुभव केवल स्वर्ग में ही नहीं, बल्कि हर जगह संभव है। उनकी उपस्थिति जहाँ भी होती है, वहाँ जीवन का एक नया रूप प्रकट होता है।

"जहाँ हो सौंदर्य का वास, वहाँ हो जीवन का प्रकाश,
अप्सराएँ हैं वह सुरभि, जो करती हैं हर लोक को सुवासित।"

अप्सराओं का यह आवागमन हमें यह सिखाता है कि किसी भी लोक में दिव्यता और प्रेम का प्रकाश फैल सकता है। वे हमें यह प्रेरणा देती हैं कि जीवन के हर पहलू में सौंदर्य और शांति का अनुभव किया जा सकता है, चाहे वह किसी भी रूप में क्यों न हो।

8. अप्सराओं के प्रकार

अप्सराओं का वर्गीकरण: एक परिचय

अप्सराओं की दिव्यता केवल उनके सौंदर्य तक सीमित नहीं; उनकी शक्ति, गुण, और भूमिका के अनुसार उनका वर्गीकरण भी किया गया है। पौराणिक कथाओं और शास्त्रों में अप्सराओं को विभिन्न प्रकारों में बाँटा गया है, ताकि उनकी क्षमताओं और कार्यों की गहराई को समझा जा सके। प्रत्येक प्रकार की अप्सरा अपने विशेष गुणों, कर्तव्यों और प्रकृति के आधार पर अद्वितीय मानी जाती है।

"सौंदर्य में बसी है अनेक रूपों की छवि,
हर अप्सरा का रंग और रूप अद्भुत और अलग सभी।"

अप्सराओं का यह वर्गीकरण न केवल उनकी मोहिनी शक्ति को दर्शाता है, बल्कि यह उनके कार्यों और स्वभाव की विविधता को भी प्रदर्शित करता है। वे इंद्र की सभा में नृत्य करने वाली देवियाँ हैं, प्रेम और आकर्षण की प्रतीक हैं, मोहिनी शक्तियों से युक्त हैं, और साधकों की परीक्षा लेने वाली भी हैं। आइए, उनके इन भिन्न प्रकारों का विस्तार से अध्ययन करें।

नित्य अप्सराएँ (Eternal Apsaras)

नित्य अप्सराएँ वे दिव्य प्राणियाँ हैं जो हमेशा स्वर्ग में वास करती हैं और इंद्र की सभा में नृत्य और संगीत का संचार करती हैं। वे *अमरलोक* की सजीव छवि हैं, जो सौंदर्य, अनन्तता, और शांति का प्रतीक हैं। इनमें मुख्य रूप से उर्वशी, रम्भा, मेनका और तिलोत्तमा जैसी अप्सराएँ शामिल हैं। इनकी उपस्थिति स्वर्ग को एक दिव्य स्वरूप देती है, जहाँ हर दिन एक उत्सव और हर रात एक सजीव स्वप्न सा प्रतीत होता है।

उर्वशी

उर्वशी, जिन्हें सौंदर्य की देवी कहा जाता है, अपनी मोहिनी शक्ति और सुंदरता के लिए जानी जाती हैं। उनकी कथा पुरुरवा के साथ प्रेम की दिव्य गाथा को जीवंत करती है। उर्वशी का सौंदर्य ऐसा है कि उनकी एक झलक से ही देवता और मनुष्य मंत्रमुग्ध हो जाते हैं।

"जिसकी चाल में हो चाँदनी की लय,
वह उर्वशी है, जो प्रेम का असीम स्नेह कहे।"

रम्भा

रम्भा को आकर्षण की प्रतिमूर्ति माना गया है। वह ऐसी अप्सरा हैं, जो अपने नृत्य से इंद्र की सभा को आलोकित करती हैं। रम्भा का सौंदर्य और संगीत मानो स्वर्ग की आत्मा को सजीव करता है, और उनके गीत से देवता भी आनंदित हो उठते हैं।

मेनका

मेनका, जिनकी मोहिनी शक्ति से विश्वामित्र जैसे महान तपस्वी भी विचलित हो गए थे, न केवल सौंदर्य का प्रतीक हैं, बल्कि वे स्त्रीत्व की गरिमा का प्रतीक भी हैं। उनके कथा में प्रेम और सौंदर्य की गहराई का वर्णन मिलता है।

तिलोत्तमा

तिलोत्तमा की रचना सभी देवताओं ने मिलकर की थी। उनके सौंदर्य में सभी देवताओं के सुंदरतम गुणों का समावेश है। वह अपने रूप से असुरों का अंत करती हैं और इंद्र के दरबार में उनकी विशेष भूमिका है।

"देवताओं का सृजन, प्रकृति का उपहार,
तिलोत्तमा हैं, जिनसे सजता इंद्र का दरबार।"

कन्या अप्सराएँ (Young, Virgin Apsaras)

कन्या अप्सराएँ युवा और अविवाहित अप्सराएँ हैं, जिनकी मासूमियत और मोहकता में एक अद्भुत आकर्षण होता है। वे प्रेम और आकर्षण की प्रतीक हैं और साधकों की परीक्षा लेने के लिए धरती पर भेजी जाती हैं।

मेनका और रम्भा

मेनका और रम्भा दोनों ही इस श्रेणी में आती हैं। उनके सौंदर्य में एक ऐसी कांति है जो हर किसी को मोहक लगती है। वे अपनी निर्दोषता और सरलता से मनुष्य और देवताओं के हृदयों में प्रेम की भावना जाग्रत करती हैं।

विश्ववारा

विश्ववारा अपनी कोमलता और सौंदर्य में युवावस्था की उस ऊर्जावान छवि का प्रतीक हैं, जो जीवन में उत्साह और प्रेम की भावना को बढ़ाती है। उनके गीत मानवीय आत्मा में प्रेम और आकर्षण की नई परिभाषा रचते हैं।

"कोमलता और मासूमियत का अद्भुत रंग,
कन्या अप्सराएँ हैं, जिनसे सजे स्वर्ग का अंग।"

चारण अप्सराएँ (Apsaras of Higher Realms)

चारण अप्सराएँ वे उच्चतर दिव्य प्राणियाँ हैं जो देवताओं के विशेष कार्यों में सहयोग करती हैं। इन्हें देवताओं का संदेशवाहक माना जाता है और इनका स्थान अन्य अप्सराओं से ऊँचा होता है। ये आध्यात्मिक ऊँचाइयों का प्रतीक हैं और जीवन में गहरी आध्यात्मिकता का संदेश देती हैं।

विश्ववारा

उनकी उपस्थिति स्वर्ग की पवित्रता का प्रतीक है। चारण अप्सराएँ, विशेष रूप से विश्ववारा, देवताओं के संदेश और दिव्य कार्यों का संचार करती हैं।

पुंडरीका और वसुधरा

ये दोनों अप्सराएँ उस आध्यात्मिक ऊर्जा का प्रतीक हैं, जो स्वर्गीय जीवन में शांति और संयोग को बढ़ावा देती हैं। वे सृष्टि के संतुलन को बनाए रखने के लिए अपनी दिव्यता का संचार करती हैं।

"जहाँ देवताओं की आत्मा में बसे पवित्रता के तत्व,
वहाँ चारण अप्सराएँ हैं, जो सृष्टि में लाएं संतुलन का रंग।"

माया अप्सराएँ (Apsaras with Magical Powers)

माया अप्सराएँ वे दिव्य प्राणियाँ हैं, जो मायावी शक्तियों से युक्त होती हैं। उनके पास सम्मोहन और मोहिनी शक्ति होती है, जिससे वे साधकों और देवताओं दोनों को अपने आकर्षण में बाँध सकती हैं। वे संसार में भ्रम और मोह का संचार करने वाली देवियाँ हैं।

सुरुचि और मनोहरमा

सुरुचि और मनोहरमा अपनी मायावी शक्तियों से देवताओं को मोहित करती हैं। उनकी चाल में ऐसा सम्मोहन है कि वे हर किसी को अपने प्रभाव में बाँध सकती हैं।

कंचना और विदात्रिका

इन अप्सराओं की शक्तियाँ अद्भुत हैं। वे न केवल मोहक हैं, बल्कि उनके पास ऐसी शक्तियाँ हैं जिनसे वे दूसरों को अपने मन की धारा में बहा सकती हैं।

"मोहिनी शक्ति से भरपूर वह छवि,
माया अप्सराएँ हैं, जो करतीं जगत में भ्रम की सृष्टि सभी।"

राजसिक और तामसिक अप्सराएँ (Rajasik and Tamasik Apsaras)

राजसिक और तामसिक अप्सराएँ विशेष गुणों और भावनाओं की प्रतीक हैं। राजसिक अप्सराएँ ऊर्जा, कामना, और आकर्षण की देवियाँ हैं, जबकि तामसिक अप्सराएँ अज्ञानता और भ्रम का प्रतीक हैं।

राजसिक अप्सराएँ

राजसिक अप्सराओं का संबंध सौंदर्य और कामना से है। उर्वशी, रम्भा और तिलोत्तमा इस श्रेणी में आती हैं। उनका आकर्षण उस ऊर्जा का प्रतीक है, जो जीवन में प्रेम और उत्साह को प्रेरित करती है।

तामसिक अप्सराएँ

तामसिक अप्सराएँ जैसे श्रीवत्सा और इंद्राणी का सौंदर्य मोहक होते हुए भी अज्ञानता और भ्रम का प्रतीक है। वे उन साधकों के लिए चुनौती का प्रतीक हैं, जो अपने आत्मज्ञान में आगे बढ़ना चाहते हैं।

"जहाँ आकर्षण में छिपी हो चुनौती,
राजसिक और तामसिक अप्सराएँ देती हैं साधकों को एक अनूठी प्रवृत्ति।"

विश्वकर्मा अप्सराएँ (Apsaras Created by Vishwakarma)

विश्वकर्मा द्वारा निर्मित अप्सराएँ कला, सौंदर्य, और कुशलता का अद्भुत संगम हैं। विश्वकर्मा, जो देवताओं के शिल्पी और वास्तुकार हैं, ने इन अप्सराओं को अद्वितीय कौशल और सौंदर्य से बनाया।

सावित्री और कंचन

सावित्री और कंचन संगीत, नृत्य, और सौंदर्य का प्रतीक हैं। वे इंद्र के दरबार में अपने कलात्मक गुणों से देवताओं को आनंदित करती हैं।

सुनंदा और अंशुमाला

इनकी उपस्थिति से देवताओं का जीवन और अधिक आलोकित हो जाता है। उनका सौंदर्य और कुशलता विश्वकर्मा के दिव्य सृजन का प्रमाण है।

"विश्वकर्मा की कला का अद्वितीय स्पर्श,
उन अप्सराओं में दिखता है सौंदर्य का अनमोल अर्थ।"

सुंदरि अप्सराएँ (Apsaras of Supreme Beauty)

सुंदरि अप्सराएँ सौंदर्य और आकर्षण की चरम सीमा का प्रतीक हैं। वे स्वर्ग की सबसे सुंदर और मोहक अप्सराएँ हैं, जिनका सौंदर्य अलौकिक और अवर्णनीय है। उनकी उपस्थिति से स्वर्गीय सौंदर्य का अभूतपूर्व रूप प्रकट होता है।

विश्ववारा, उर्वशी और रम्भा

इन सुंदरि अप्सराओं का सौंदर्य ऐसा है कि देवता और मनुष्य दोनों उनके आकर्षण में बंध जाते हैं। उनका रूप मानो सृष्टि की सबसे सुंदर कृति है।

तिलोत्तमा और कंचनमाला

ये अप्सराएँ भी सुंदरि अप्सराओं की श्रेणी में आती हैं। उनके सौंदर्य और लावण्य से स्वर्ग के हर कोने में आनंद और प्रेम की धारा बहती है।

"सौंदर्य का चरम, लावण्य की अंतिम सीमा,
सुंदरि अप्सराएँ हैं जिनसे स्वर्ग में सजता है प्रेम का तीमा।"

समापन

अप्सराओं के विभिन्न प्रकार हमें उनके सौंदर्य, आकर्षण, और दिव्य शक्तियों की गहराई को समझने में सहायक होते हैं। हर प्रकार की अप्सरा एक विशेष गुण, कला और ऊर्जा का प्रतीक है। उनका यह वर्गीकरण न केवल उनकी भूमिकाओं का विस्तार दर्शाता है, बल्कि यह भी सिखाता है कि सौंदर्य, कला, और आत्मज्ञान की विविध धाराएँ ब्रह्मांड में कैसे एकरूपता बनाकर सजीव होती हैं।

"हर रंग में बसी एक अलग छवि,
अप्सराएँ हैं सृष्टि की एक अनूठी कृति सभी।"

9. अप्सराओं का स्वरूप

अप्सराओं का अलौकिक सौंदर्य: एक दिव्य चित्रण

अप्सराएँ अपनी अलौकिक सुंदरता और मोहकता के लिए प्राचीन कथाओं में प्रशंसित हैं। उनके स्वरूप में एक ऐसी दिव्यता है, जिसे शब्दों में समेटना आसान नहीं है। उनका हर अंग, उनकी चाल, और उनकी मुस्कान में एक अनोखा आकर्षण और रहस्य छिपा है। वे उस सौंदर्य का प्रतीक हैं, जो न केवल देखने में अद्वितीय है, बल्कि आत्मा की गहराइयों को भी छू लेने वाली है।

"जिसमें चमके स्वर्ग की हर धूप,
अप्सराएँ हैं, सजीव सौंदर्य की अनुपम रूप।"

अप्सराओं की शारीरिक बनावट, उनका श्रृंगार, और उनकी हर मुद्रा में एक अलौकिक शक्ति का अनुभव होता है। वे केवल सुंदरता का ही प्रतीक नहीं, बल्कि जीवन के उन गुणों का भी प्रतीक हैं, जो सौंदर्य और दिव्यता को एक सजीव आकार देते हैं।

आकर्षक शरीर और मुख की दीप्ति

अप्सराओं का चेहरा स्वर्गीय सौंदर्य का प्रतीक है। उनका चेहरा न केवल मोहक है, बल्कि उसमें एक रहस्यमयी गहराई भी है। उनकी आँखें बड़ी और चमकीली होती हैं, जिनमें स्वर्ग की गहराई और मनमोहक आकर्षण झलकता है। उनके होठों की मधुर मुस्कान हर किसी को अपने मोहपाश में बाँध लेती है।

नेत्र: चंद्रमा की सौम्यता

अप्सराओं की आँखें चंद्रमा की तरह शीतल और सौम्य हैं। उनकी दृष्टि में एक मोहकता है, जो देखने वाले के मन को शांत और आकर्षित कर देती है। वे अपनी आँखों से ही अपनी भावनाओं को अभिव्यक्त करती हैं, मानो उनकी आँखों में सारा स्वर्ग सजीव हो उठा हो।

"जिनकी आँखों में झलकता है चंद्रमा का स्वर,
अप्सराएँ हैं, जिनसे मिलता आत्मा को अमर।"

मुखमंडल: मधुरता और आकर्षण का संगम

अप्सराओं का चेहरा सौंदर्य और सौम्यता का अद्वितीय मिश्रण है। उनके होठों की मधुर मुस्कान में मानो प्रेम और शांति का संदेश बसा हुआ है। उनकी त्वचा का रंग सुनहरी आभा से आलोकित है, जो मानो उनके अलौकिक अस्तित्व का परिचय देता है।

उनकी मुस्कान और चेहरे की दीप्ति से ऐसा प्रतीत होता है कि वे किसी दिव्य सौंदर्य का जीवंत अवतार हैं, जो स्वर्ग के हर कण में प्रेम और आकर्षण का संचार करती हैं।

वस्त्र और आभूषण: स्वर्गीय शोभा का प्रतीक

अप्सराओं के वस्त्र उनकी दिव्यता का प्रतीक होते हैं। वे ऐसे हल्के, रेशमी वस्त्र धारण करती हैं, जो उनके शरीर पर मानो किसी बादल की तरह लिपटे हुए प्रतीत होते हैं। उनके वस्त्रों में स्वर्गीय रंगों का अद्भुत संगम होता है—नीला, गुलाबी, और सुनहरा, जो उन्हें और भी मोहक बनाते हैं।

वस्त्र: हल्के और मोहक

अप्सराओं के वस्त्र रेशम से बने होते हैं, जो इतने हल्के और लचीले होते हैं कि हवा के साथ लहराते रहते हैं। उनका पहनावा ऐसा है, मानो किसी बादल का टुकड़ा उनके शरीर को छू कर निकल गया हो। यह उनके अलौकिक अस्तित्व का संकेत है, जो उन्हें स्वर्ग के अन्य प्राणियों से अलग करता है।

"हवा में बहते रेशमी वस्त्रों का अलौकिक छोर,
अप्सराएँ हैं, जिनमें समाया स्वर्ग का कोमल गौर।"

आभूषण: सोना, मोती और रत्नों की कांति

अप्सराओं के आभूषण भी उनके सौंदर्य को और गहराई देते हैं। वे सोने और रत्नों से जड़े हुए आभूषण पहनती हैं, जो उनके कानों, गले, और कलाई पर शोभायमान होते हैं। उनके गले का हार, हाथों की चूड़ियाँ, और माथे का तिलक उनके दिव्य सौंदर्य को अद्वितीय रूप में प्रकट करते हैं।

उनके कानों में झूलते झुमके और गले में मोतियों की माला से उनकी हर मुद्रा और भी प्रभावशाली हो जाती है। इन आभूषणों की चमक से मानो स्वर्ग का सारा प्रकाश उनकी ओर आकर्षित हो गया हो।

मुद्राएँ और नृत्य: एक जीवंत कविता

अप्सराओं की मुद्राएँ और नृत्य उनका सबसे महत्वपूर्ण पहलू है, जिससे उनकी सौंदर्य की दिव्यता और गहराई का पता चलता है। उनका नृत्य सजीवता की एक कविता है, और उनकी हर मुद्रा में सौंदर्य का एक अनोखा आयाम प्रकट होता है।

मुद्राएँ: कोमलता और शक्ति का अद्वितीय मिश्रण

अप्सराएँ अपनी मुद्राओं में कोमलता और शक्ति का अद्भुत संयोजन प्रकट करती हैं। उनके हाथों की अंगुलियों की हर हलचल, उनकी गर्दन का हल्का झुकाव, और उनकी आँखों की कोमलता में जीवन की सुंदरता का प्रतीक झलकता है। वे अपने हाथों और आँखों से ही अपने हृदय की भावनाओं को व्यक्त करती हैं।

"हाथों की कोमलता में बसी हो लय की राग,
अप्सराएँ हैं, जिनकी मुद्राओं में छुपा जीवन का अनुराग।"

नृत्य: स्वर्ग की लय में लहराती कला

अप्सराओं का नृत्य उनके जीवन का सबसे महत्वपूर्ण पहलू है। जब वे नृत्य करती हैं, तो मानो स्वर्ग की लय उनके हर कदम में समाहित हो जाती है। उनका नृत्य इतना मोहक और सजीव होता है कि देवता भी उनकी लय में खो जाते हैं।

उनके नूपुरों की ध्वनि, उनके हल्के झूमते वस्त्र, और उनकी लय में बहता हर कदम यह दर्शाता है कि उनका नृत्य स्वर्ग का प्रतीक है। उनके नृत्य में जीवन का सजीव चित्रण होता है, और उनकी चाल में वह अलौकिकता है, जो स्वर्ग को और अधिक सुंदर बनाती है।

प्रतीकात्मकता: सौंदर्य और आत्मा की एकता

अप्सराओं का सौंदर्य केवल बाहरी नहीं, बल्कि उनकी आत्मा की गहराइयों से भी प्रकट होता है। वे न केवल भौतिक सौंदर्य का प्रतीक हैं, बल्कि उनके रूप में आत्मा की उस सुंदरता का भी प्रतीक है, जो संसार को मोहिनी शक्ति और प्रेरणा प्रदान करती है।

सौंदर्य का प्रतीक

अप्सराएँ जीवन में सौंदर्य का प्रतीक हैं, जो केवल आकर्षण नहीं, बल्कि आत्मा की उच्चतर अनुभूति भी है। उनका सौंदर्य हमें यह सिखाता है कि सौंदर्य की वास्तविकता केवल देखने की वस्तु नहीं है, बल्कि उसमें आत्मा की शांति और संतुलन भी समाहित है।

"जिसकी छवि में हो सौंदर्य का अनमोल रंग,
अप्सराएँ हैं, जो सिखाएँ आत्मा का सौंदर्य है संग।"

आत्मा और सौंदर्य की एकता

अप्सराओं का यह रूप इस बात का प्रतीक है कि शरीर और आत्मा की एकता में ही सौंदर्य की वास्तविकता प्रकट होती है। वे हमें यह सिखाती हैं कि वास्तविक सुंदरता वह है, जो आत्मा के साथ जुड़ी होती है।

अप्सराएँ इस सत्य का प्रतिनिधित्व करती हैं कि आत्मा की शुद्धता और सुंदरता का प्रतीकात्मक अर्थ ही सच्चे सौंदर्य का रहस्य है। उनका स्वरूप हमें इस बात का बोध कराता है कि आत्मा और सौंदर्य का वास्तविक संगम क्या है।

समापन

अप्सराएँ न केवल भौतिक सुंदरता का प्रतीक हैं, बल्कि वे उस आत्मिक सुंदरता की जीवंत मूर्ति हैं, जो सृष्टि में सौंदर्य, लय, और कोमलता का संचार करती है। उनका स्वरूप एक अद्वितीय प्रतीक है, जिसमें शारीरिक सौंदर्य और आत्मा की शुद्धता का संगम है। उनके वस्त्र, उनके आभूषण, और उनके नृत्य में वह दिव्यता है, जो जीवन को एक गहरे अर्थ में जोड़ती है।

"अलौकिक रूप, आत्मा का स्वरूप,
अप्सराएँ हैं जिनसे मिलता जीवन का अनमोल रूप।"

10. स्वरूप का प्रतीकात्मक अर्थ

अप्सराओं का स्वरूप: एक प्रतीकात्मक दृष्टिकोण

अप्सराओं का स्वरूप न केवल उनकी अलौकिक सुंदरता को प्रकट करता है, बल्कि उनके हर अंग, हर मुद्रा में एक गहरा प्रतीकात्मक अर्थ भी छिपा है। उनके रूप का हर पहलू किसी न किसी दिव्यता और आध्यात्मिकता का प्रतीक है। उनकी आँखों से लेकर उनके बालों तक, उनके नूपुरों से लेकर उनके वस्त्रों तक—हर एक चीज में सौंदर्य और आत्मिक शांति का संदेश छिपा है।

> *"जिसमें झलकती हो आत्मा की उजास,*
> *वह अप्सराएँ हैं, जिनसे मिलता सौंदर्य का आभास।"*

इस अध्याय में हम अप्सराओं के रूप के प्रतीकात्मक अर्थ को समझेंगे और जानेंगे कि कैसे उनका स्वरूप दिव्यता, प्रेम, और शांति का प्रतीक है।

कमल-सी आँखें: पवित्रता और शांति का प्रतीक

अप्सराओं की आँखों की तुलना अक्सर कमल के फूल से की जाती है। कमल का फूल भारतीय संस्कृति में पवित्रता और दिव्यता का प्रतीक है, क्योंकि वह कीचड़ में उत्पन्न होकर भी स्वच्छ और निष्पाप बना रहता है। अप्सराओं की आँखें भी कमल के समान पवित्र और शांतिपूर्ण होती हैं।

उनकी आँखों में वह शीतलता और कोमलता है, जो किसी को भी मंत्रमुग्ध कर दे। उनकी कमल-सी आँखें यह संकेत देती हैं कि सच्चा सौंदर्य वह है, जो अपने अंदर पवित्रता और शांति को समेटे हुए हो। उनकी दृष्टि से मानो आत्मा की गहराई का आभास होता है और उनकी आँखों में स्वर्ग की शांति झलकती है।

> *"कमल की पंखुड़ियों-सी कोमल दृष्टि,*
> *अप्सराएँ हैं, जो देतीं आत्मा को शांति की वृष्टि।"*

अप्सराओं की आँखें मानो इस बात का प्रतीक हैं कि दिव्यता और पवित्रता के बिना सौंदर्य अधूरा है। उनकी आँखों में भरा हुआ सौम्यता का भाव आत्मा की शुद्धता का प्रतीक है।

बहे हुए बाल: स्वतंत्रता और आत्मा की उड़ान

अप्सराओं के बालों का वर्णन किया गया है कि वे स्वर्गीय लहरों की तरह बहते हैं। उनके बाल लंबे और लहराते हुए होते हैं, जो स्वतंत्रता, अनंतता, और आत्मा की उड़ान का प्रतीक हैं।

उनके बालों का यह बहाव यह संकेत करता है कि आत्मा को स्वतंत्र रहना चाहिए, किसी भी बंधन में नहीं। यह दिखाता है कि अप्सराओं का सौंदर्य उनके बाहरी रूप से परे है; उनके बाल मानो उस आत्मिक उड़ान का प्रतीक हैं, जो स्वर्ग से धरती तक फैलता है।

"उनके बालों में बहती हो जैसे स्वर्ग की धारा,
अप्सराएँ हैं, जो देतीं आत्मा को अनंत यात्रा का सहारा।"

उनके बहे हुए बाल दर्शाते हैं कि सौंदर्य केवल बाहरी नहीं, बल्कि आत्मा की गहराई से भी प्रकट होता है। यह उस स्वाभाविकता और स्वतंत्रता का प्रतीक है, जो किसी भी दिव्य आत्मा में होनी चाहिए।

हल्के वस्त्र: दिव्यता और अलौकिकता का प्रतीक

अप्सराओं के वस्त्र हल्के, पारदर्शी, और रेशमी होते हैं, जो उनके अलौकिक स्वरूप का प्रतीक हैं। उनके वस्त्रों का हल्कापन उनकी आत्मा की शुद्धता और दिव्यता को दर्शाता है। ये वस्त्र मानो किसी बादल की तरह होते हैं, जो उनकी मोहिनी शक्ति को और भी गहराई देते हैं।

उनके वस्त्र न केवल सौंदर्य का प्रतीक हैं, बल्कि आत्मा की उस उच्च अवस्था का प्रतीक भी हैं, जिसमें वह बिना किसी बंधन के स्वतंत्र रूप से बहती है। उनके वस्त्रों की यह पारदर्शिता यह दर्शाती है कि सौंदर्य और दिव्यता किसी आवरण की मोहताज़ नहीं होती; यह स्वयं में संपूर्ण और मुक्त होती है।

"हवा में लहराते उनके रेशमी वस्त्र,
अप्सराएँ हैं, जो देतीं आत्मा को अलौकिक अस्त्र।"

उनके वस्त्र हमें यह सिखाते हैं कि आत्मा का असली रूप बिना किसी आवरण के ही सुंदर है। यह उस खुलेपन और पारदर्शिता का प्रतीक है, जो हर दिव्य आत्मा में होती है।

मुस्कानः प्रेम और करुणा का प्रतीक

अप्सराओं की मुस्कान उनके दिव्य स्वरूप का सबसे मोहक हिस्सा है। उनकी मुस्कान में न केवल आकर्षण है, बल्कि उसमें प्रेम और करुणा का भी प्रतीक छिपा है। उनकी मुस्कान से ऐसा प्रतीत होता है कि मानो स्वर्ग का सारा प्रेम और करुणा उनमें समाहित हो गई हो।

उनकी मुस्कान यह संदेश देती है कि सच्चा सौंदर्य वह है, जो आत्मा के प्रेम और दया को प्रकट कर सके। उनकी मुस्कान मानो जीवन के आनंद और आत्मा की गहराई का प्रतीक है, जो सृष्टि को शांति और संतुलन का संदेश देता है।

"जिसकी मुस्कान में झलके करुणा का असीम भंडार,
वह अप्सरा है, जो देतीं प्रेम का अनमोल उपहार।"

उनकी मुस्कान से हम यह सीखते हैं कि करुणा और प्रेम से भरा हुआ हृदय ही सच्चा सौंदर्य है। यह उस दिव्यता का प्रतीक है, जो हर आत्मा को अपने भीतर प्रकट करनी चाहिए।

कमरबंद और नूपुरः लय और सौंदर्य का संगम

अप्सराओं के कमरबंद और नूपुर उनकी चाल और नृत्य में एक दिव्य लय का संचार करते हैं। उनके कमरबंद में जड़े रत्न और उनके नूपुरों की ध्वनि स्वर्ग का वह संगीत है, जो उनके हर कदम के साथ गूँजता है। यह लय और ताल सौंदर्य का प्रतीक है, जो जीवन में संतुलन और शांति का संदेश देता है।

कमरबंदः आत्मा की सजगता

कमरबंद उनके सौंदर्य में सजगता और संयम का प्रतीक है। यह उस संतुलन का प्रतीक है, जो आत्मा को उसके मार्ग पर बनाए रखता है।

नूपुरः जीवन की लय

नूपुर की ध्वनि जीवन की लय का प्रतीक है। अप्सराओं का हर कदम मानो उस लय का प्रतीक है, जो जीवन के हर क्षण में हमें आत्मा की गहराई का आभास कराता है।

"कमरबंद में जड़े रत्नों का वो सजीव संग,
नूपुर की ध्वनि में बहती हो जैसे स्वर्ग की तरंग।"

इन आभूषणों से हमें यह समझने को मिलता है कि सौंदर्य में लय, ताल, और संतुलन का होना अनिवार्य है।

प्रतीकात्मकता का सार: आत्मा का सौंदर्य

अप्सराओं का हर अंग, उनकी हर मुद्रा, और उनका हर आभूषण इस बात का प्रतीक है कि आत्मा का सौंदर्य किस प्रकार शारीरिक सौंदर्य में प्रकट होता है। उनके रूप में यह संदेश छुपा है कि आत्मा की सुंदरता ही सच्चा सौंदर्य है, और यह दिव्यता जीवन के हर क्षण में अनुभव की जा सकती है।

"दिव्यता का स्पर्श, आत्मा का आलोक,
अप्सराएँ हैं, जो दिखातीं सजीव सौंदर्य का अद्भुत लोक।"

अप्सराओं का यह प्रतीकात्मक रूप हमें यह सिखाता है कि आत्मा का सौंदर्य केवल बाहरी नहीं, बल्कि भीतर का भी होता है। उनकी छवि आत्मा के प्रेम, करुणा, और संतुलन का जीवंत प्रमाण है।

समापन

अप्सराओं का स्वरूप उनके हर अंग, हर आभूषण, और हर मुद्रा में सौंदर्य और दिव्यता का प्रतीक है। उनकी आँखें, बाल, वस्त्र, और मुस्कान हमें आत्मा की गहराई और शांति का संदेश देते हैं। वे हमें यह सिखाती हैं कि सच्चा सौंदर्य वह है, जो आत्मा के शुद्धता और प्रेम में बसा हो।

"स्वरूप में बसी हो आत्मा की गहराई,
अप्सराएँ हैं, जो देतीं सौंदर्य को नई ऊँचाई।"

11. अप्सराओं की शक्तियाँ

अप्सराएँ: दिव्य कला और मोहिनी शक्ति की प्रतीक

अप्सराएँ न केवल सौंदर्य की देवियाँ हैं, बल्कि उनकी क्षमताओं में ऐसी दिव्यता है, जो पूरे ब्रह्मांड को प्रभावित करती है। वे नृत्य और संगीत की उच्चतम कला में निपुण हैं और अपनी मोहिनी शक्तियों से साधकों और देवताओं को अपने सम्मोहन में बाँधने की क्षमता रखती हैं। उनकी क्षमताओं का उद्देश्य केवल मनोरंजन नहीं, बल्कि जीवन में लय, संतुलन, और आनंद का संचार करना है।

"स्वर्ग की लय, मोहिनी की माया,
अप्सराएँ हैं, जिनसे बहता है प्रेम का साया।"

इस अध्याय में हम उनकी दिव्य शक्तियों का गहन अध्ययन करेंगे, जिनमें उनका नृत्य, संगीत, सम्मोहन और भावनाओं पर प्रभाव सम्मिलित हैं।

नृत्य और संगीत: ब्रह्मांडीय लय का प्रतीक

अप्सराएँ नृत्य और संगीत की उस कला का प्रतीक हैं, जो ब्रह्मांडीय लय और संतुलन को दर्शाती है। उनका नृत्य केवल मनोरंजन का साधन नहीं, बल्कि ब्रह्मांडीय लय का प्रतीक है। जब अप्सराएँ नृत्य करती हैं, तो मानो स्वर्ग का हर कण उस लय में बहने लगता है। उनके नृत्य में एक दिव्य ऊर्जा होती है, जिससे स्वर्ग का वातावरण उल्लास और आनंद से भर जाता है।

स्वर्ग का संगीत और अप्सराओं की भूमिका

इंद्र के दरबार में अप्सराओं का नृत्य और संगीत एक अनिवार्य हिस्सा है। जब वे नृत्य करती हैं, तो देवता भी उनकी लय में खो जाते हैं। उनके नूपुर की ध्वनि से स्वर्ग का आकाश गूँज उठता है और उनके गीतों से मानो हर प्राणी को आत्मा की शांति का अनुभव होता है।

"उनके नूपुर की ध्वनि में बसी हो जैसे सृष्टि की राग,
अप्सराएँ हैं, जिनसे मिलता है स्वर्ग का अनमोल अनुराग।"

अप्सराओं का संगीत और नृत्य मानो एक ध्यान का माध्यम है, जिससे देवता अपने हृदय को शांत और आनंदित करते हैं। यह नृत्य सजीवता का प्रतीक है, जो स्वर्गीय लय और ताल को हर दिन नए स्वरूप में प्रकट करता है।

ब्रह्मांडीय संतुलन का प्रतीक

अप्सराओं का नृत्य ब्रह्मांडीय संतुलन का प्रतीक है। उनके नृत्य की लय और ताल यह दर्शाती है कि जीवन में संतुलन और लय कितने आवश्यक हैं। उनका संगीत आत्मा की गहराई तक पहुँचता है और देवताओं को दिव्यता का अनुभव कराता है।

"जहाँ ताल में बहती हो ब्रह्मांड की बांसुरी,
वहाँ अप्सराएँ हैं, जो देतीं संतुलन की संगिनी।"

मोहिनी शक्ति और माया का प्रयोग

अप्सराएँ मोहिनी और माया की शक्तियों से युक्त होती हैं। उनकी मोहकता और सम्मोहन से वे किसी को भी अपने प्रभाव में बाँध सकती हैं। उनकी माया शक्ति का प्रयोग साधकों की परीक्षा लेने और देवताओं को प्रसन्न करने के लिए किया जाता है। इस प्रकार, वे ब्रह्मांडीय संतुलन बनाए रखने का कार्य भी करती हैं।

मिथकीय कथाएँ और माया का प्रयोग

अप्सराओं की मोहिनी शक्ति के कई प्रसिद्ध उदाहरण हैं। *मेनका* ने अपनी मोहिनी शक्ति से महर्षि विश्वामित्र की तपस्या भंग कर दी थी। रम्भा ने भी कई बार देवताओं के आदेश पर तपस्वियों की तपस्या को भंग किया। इन कथाओं में उनकी माया शक्ति का प्रदर्शन होता है, जो यह दर्शाता है कि उनकी मोहिनी शक्ति से किसी का भी ध्यान भंग किया जा सकता है।

"जिसकी माया से साधक हुए विचलित,
वह अप्सरा है, मोहिनी शक्ति की अद्वितीय कवित।"

उनकी माया शक्ति यह दर्शाती है कि आत्म-ज्ञान की ओर जाने का मार्ग कठिन होता है, और उनकी उपस्थिति साधकों के आत्मबल की परीक्षा लेने का कार्य करती है। उनकी माया शक्ति से यह सिद्ध होता है कि हर आत्मा को मोह के भ्रम को पार कर ही ज्ञान की ओर अग्रसर होना पड़ता है।

भावनाओं और इच्छाओं पर प्रभाव

अप्सराएँ न केवल नृत्य और माया शक्ति से परिपूर्ण हैं, बल्कि वे भावनाओं और इच्छाओं पर भी अद्वितीय प्रभाव डाल सकती हैं। उनकी उपस्थिति से प्रेम, आकर्षण, और प्रेरणा की भावना जागृत होती है। वे देवताओं और मनुष्यों के हृदयों में प्रेम और सौंदर्य की अनुभूति कराती हैं।

प्रेम और आकर्षण का प्रतीक

अप्सराएँ प्रेम और आकर्षण का प्रतीक हैं। उनके सौंदर्य और चाल से देवता और मनुष्य दोनों आकर्षित होते हैं। उनकी उपस्थिति से स्वर्ग में प्रेम की भावना और सौंदर्य का संचार होता है, जिससे जीवन में एक मिठास और आनंद का अनुभव होता है।

"जिसके आकर्षण में बसी हो प्रेम की मिठास,
वह अप्सरा है, जो देती हृदय को अमर स्पर्श का एहसास।"

प्रेरणा और आत्मा की जागरूकता

अप्सराएँ न केवल प्रेम और मोह का प्रतीक हैं, बल्कि उनकी उपस्थिति से प्रेरणा और आत्म-जागृति का संचार भी होता है। उनका सौंदर्य आत्मा की उन गहराइयों को जाग्रत करता है, जहाँ प्रेम, आकर्षण, और आत्म-ज्ञान का अनुभव होता है।

उनकी उपस्थिति से देवता और मनुष्य दोनों अपने भीतर प्रेम, प्रेरणा, और आत्मिक आनंद का अनुभव करते हैं। यह एक तरह की आंतरिक यात्रा का प्रतीक है, जिसमें आत्मा को अपनी दिव्यता का आभास होता है।

"प्रेरणा का स्रोत, आत्मा का सजीव चित्रण,
अप्सराएँ हैं, जो देतीं हृदय को नवल अनुग्रह।"

प्रतीकात्मकता का सार: आत्मा का सौंदर्य और प्रेम

अप्सराओं की शक्तियाँ उनके भीतर बसी आत्मिक दिव्यता का प्रतीक हैं। उनके नृत्य और संगीत में ब्रह्मांडीय लय का प्रतीक है, जो संतुलन और शांति का संदेश देता है। उनकी माया शक्ति और मोहिनी शक्ति हमें यह सिखाती हैं कि सच्चा ज्ञान प्राप्त करने के लिए हमें मोह के भ्रम को पार करना होगा। उनकी उपस्थिति से प्रेम, आकर्षण, और प्रेरणा का संचार होता है, जो आत्मा को उसकी दिव्यता का आभास कराता है।

"आत्मा की गहराई, सौंदर्य का सजीव स्पर्श,
अप्सराएँ हैं, जो देतीं जीवन को दिव्यता का उत्कर्ष।"

उनकी ये शक्तियाँ हमें यह सिखाती हैं कि जीवन में प्रेम, सौंदर्य, और संतुलन का महत्व कितना आवश्यक है। वे केवल स्वर्ग की नर्तकी और गायिका नहीं हैं, बल्कि वे आत्मा की उस सुंदरता का प्रतीक हैं, जो हर जीव के भीतर बसी होती है।

समापन

अप्सराओं का नृत्य, संगीत, मोहिनी शक्ति, और भावनाओं पर प्रभाव एक दिव्य शक्ति का प्रतीक है। उनके इन गुणों में ब्रह्मांडीय संतुलन, आत्मा की सुंदरता, और जीवन का मधुर प्रवाह झलकता है। वे स्वर्ग की आत्मा हैं, जो हर आत्मा में प्रेम, प्रेरणा, और आनंद का संचार करती हैं।

"स्वर्ग की लय, मोहिनी की माया,
अप्सराएँ हैं, जिनसे बहता है प्रेम का साया।"

12. अप्सराओं की भूमिका

अप्सराएँ: साधकों के लिए सौंदर्य, आकर्षण, और परीक्षा का प्रतीक

अप्सराएँ, अपने दिव्य सौंदर्य और मोहकता के साथ, साधकों के जीवन में एक महत्वपूर्ण भूमिका निभाती हैं। उनकी उपस्थिति साधकों के लिए एक परीक्षा और प्रेरणा दोनों है। उनकी मोहिनी शक्ति और आकर्षण एक ऐसा अनुभव प्रदान करती है, जिससे साधक को अपने आत्मबल और संयम का आभास होता है। उनके सौंदर्य में बसी हुई मोहकता साधकों के लिए एक चुनौती है, और उनके दिव्य रूप में बसी करुणा और प्रेम साधकों के मार्ग में प्रेरणा का संचार करती है।

> "जहाँ प्रेम और आकर्षण का हो संगम,
> वहाँ अप्सराएँ हैं, जो करतीं साधकों की तपस्या में रमण।"

अप्सराओं का साधकों के जीवन में प्रवेश केवल आकस्मिक नहीं है; यह उनके आत्म-ज्ञान और तपस्या की गहराई को परखने का माध्यम भी है। इस अध्याय में हम यह जानेंगे कि कैसे अप्सराएँ साधकों की परीक्षा लेती हैं, उन्हें प्रेरणा प्रदान करती हैं, और उनके लिए एक आध्यात्मिक मार्गदर्शक के रूप में उपस्थित होती हैं।

आकर्षण की परीक्षा: संयम और आत्मबल की चुनौती

अप्सराओं का सबसे प्रमुख कार्य साधकों की तपस्या में एक आकर्षण का जाल बिछाना है, जिससे साधक का आत्मबल और संयम परखा जा सके। उनकी मोहिनी शक्ति से साधक का ध्यान भंग हो सकता है, और उनकी उपस्थिति से साधक के मन में प्रेम और आकर्षण की भावना जाग उठती है।

मेनका और विश्वामित्र की कथा

महर्षि *विश्वामित्र* की तपस्या में मेनका का आगमन एक ऐसा ही प्रसंग है, जो यह दर्शता है कि अप्सराएँ साधकों के मार्ग में किस प्रकार की परीक्षा लेकर आती हैं। जब इंद्र ने

देखा कि विश्वामित्र अपनी तपस्या से स्वर्ग पर अधिकार जमा सकते हैं, तो उन्होंने मेनका को भेजा। मेनका के सौंदर्य और मोहकता से प्रभावित होकर, विश्वामित्र की तपस्या भंग हो गई और उनका ध्यान विचलित हो गया।

"जिसका सौंदर्य तप की अग्नि को बुझा दे
वह मेनका है, जो संयम को चुनौती दे।"

इस कथा में मेनका का सौंदर्य और उनकी मोहिनी शक्ति यह सिखाती है कि आत्म-ज्ञान के मार्ग में आकर्षण और प्रेम को संतुलित करना आवश्यक है। यह एक परीक्षा है, जो यह दर्शाती है कि सच्चे साधक को मोह और माया को पार कर अपनी आत्मा की गहराई में उतरना चाहिए।

रम्भा की कथा: कामना और आत्मबल की परीक्षा

रम्भा भी कई बार साधकों की तपस्या को भंग करने के लिए स्वर्ग से पृथ्वी पर भेजी गई। उनका आकर्षण और मोहिनी शक्ति साधकों के आत्मबल को परखने का माध्यम बनी। रम्भा की इस भूमिका में यह संदेश छुपा है कि साधक का आत्मबल तभी सच्चा माना जाता है, जब वह हर प्रकार के मोह और माया से दूर रह सके।

"जिसकी मोहकता से बंध जाए हर साधक का मन,
वह रम्भा है, जो साधकों के संयम का करती परिचय सजीवन।"

प्रेरणा का स्रोत: प्रेम और करुणा की शिक्षा

अप्सराएँ केवल परीक्षा का साधन नहीं हैं; वे साधकों के लिए प्रेम, करुणा, और सौंदर्य का प्रेरणा स्रोत भी हैं। उनकी उपस्थिति साधकों को यह सिखाती है कि सौंदर्य का स्थान केवल बाहरी नहीं, बल्कि आत्मा की गहराई में भी होता है। उनका नृत्य, उनकी मधुर मुस्कान, और उनकी करुणा साधकों के हृदय में प्रेम और दया का संचार करती हैं।

प्रेम में दिव्यता का अनुभव

अप्सराओं का प्रेम साधकों के लिए आत्मा की उस गहराई का अनुभव कराता है, जहाँ प्रेम, सौंदर्य, और करुणा का मिलन होता है। उनके सौंदर्य से साधकों को यह सिखने को मिलता है कि प्रेम और दया को जीवन में कैसे आत्मसात किया जा सकता है।

"प्रेम की मूरत, करुणा की देवी,
अप्सराएँ हैं जो देतीं साधकों को दिव्यता की गति।"

अप्सराओं का प्रेम साधकों के हृदय को उस ऊँचाई तक ले जाता है, जहाँ आत्मा को सच्चे प्रेम और दया का अनुभव होता है। यह प्रेम केवल भौतिक नहीं, बल्कि आत्मा की पवित्रता का प्रतीक है, जो साधक को उसकी आत्मा की ओर बढ़ने के लिए प्रेरित करता है।

आत्मा की दिव्यता का आभास

अप्सराओं की उपस्थिति साधकों को उनकी आत्मा की गहराई से जोड़ती है। उनके सौंदर्य में बसी हुई दिव्यता साधकों के लिए एक चेतना का माध्यम बनती है, जिससे वे अपने भीतर की दिव्यता को पहचानते हैं। यह आभास साधकों के आत्म-ज्ञान की यात्रा में एक महत्वपूर्ण प्रेरणा है।

"जिनके सौंदर्य में झलके आत्मा की दिव्यता का प्रकाश,
वह अप्सराएँ हैं, जो देतीं साधकों को आंतरिक संतोष का आभास।"

ध्यान और एकाग्रता की परीक्षा: माया और मोह का प्रभाव

अप्सराओं का एक और प्रमुख कार्य साधकों के ध्यान और एकाग्रता का परीक्षण करना है। उनकी माया शक्ति साधकों के लिए ध्यान और एकाग्रता की परीक्षा होती है। उनकी उपस्थिति से साधक का मन विचलित हो सकता है, और यह एक तरह की चेतना की परीक्षा होती है, जो साधक के आत्मबल को मापने का एक माध्यम है।

माया का भ्रम: आत्म-ज्ञान की राह में रुकावट

अप्सराएँ अपने मोहिनी शक्ति से साधकों के ध्यान को भंग कर देती हैं। उनकी उपस्थिति से साधकों को यह सिखने को मिलता है कि आत्म-ज्ञान की राह में मोह और माया की बाधाएँ आती हैं। इस प्रकार उनकी माया शक्ति साधकों को यह सिखाती है कि ध्यान की शक्ति से इन सभी मोह और भ्रम को पार किया जा सकता है।

"माया की मूरत, जो विचलित करे मन का गहन,
अप्सराएँ हैं जो देतीं साधकों को चेतना का सजीवन।"

एकाग्रता का महत्व

अप्सराओं की उपस्थिति साधकों को एकाग्रता और ध्यान की महत्ता का आभास कराती है। उनकी मोहिनी शक्ति के सामने टिके रहना और अपने ध्यान को केंद्रित रखना साधकों के लिए एक आत्म-ज्ञान की यात्रा का प्रतीक है।

प्रतीकात्मकता: आत्म-ज्ञान और प्रेम की प्राप्ति

अप्सराओं का साधकों के जीवन में प्रवेश इस बात का प्रतीक है कि आत्म-ज्ञान का मार्ग कभी आसान नहीं होता। मोह, माया, प्रेम, और करुणा की ये परछाइयाँ आत्मा की यात्रा में महत्वपूर्ण भूमिका निभाती हैं। अप्सराएँ साधकों के लिए वह प्रेरणा और परीक्षा हैं, जो उन्हें आत्म-ज्ञान और प्रेम की प्राप्ति की ओर प्रेरित करती हैं।

"मोह और माया की राह में जो दे प्रेम का प्रकाश,
अप्सराएँ हैं, जो साधकों के लिए बनीं आत्मा की अभिलाष।"

उनका सौंदर्य और मोहकता यह सिखाती है कि जीवन में प्रेम, करुणा, और आत्म-ज्ञान का महत्व कितना गहरा है। उनकी उपस्थिति में साधक अपने भीतर के प्रेम, सौंदर्य, और करुणा को पहचानते हैं और आत्मा की गहराई को समझते हैं।

प्रेम की शक्ति का मार्गदर्शन

अप्सराओं का सौंदर्य साधकों के लिए प्रेम का एक ऐसा स्रोत बन जाता है, जो आत्मा की शक्ति को जागृत करता है। उनका यह प्रेम साधकों को यह सिखाता है कि गोह का पार कर सच्चे प्रेम और करुणा की प्राप्ति की जा सकती है। उनकी उपस्थिति में साधक अपने भीतर छिपे प्रेम और करुणा को पहचानते हैं, जो आध्यात्मिक विकास का एक महत्वपूर्ण हिस्सा है।

"जिसके सौंदर्य में बसी हो प्रेम की गहराई,
वह अप्सरा है, जो साधकों को देती आत्मा की ऊँचाई।"

अप्सराएँ अपने शांत और कोमल भावों से साधकों को यह संदेश देती हैं कि प्रेम का सही अर्थ भौतिक आकर्षण से परे है। यह प्रेम साधक को आत्मा की ओर ले जाता है, जहाँ शांति, संतुलन और दिव्यता का अनुभव होता है।

करुणा और दया का संदेश

अप्सराओं की उपस्थिति साधकों के मन में करुणा और दया का संचार करती है। उनका रूप और उनकी मुस्कान यह दर्शाती है कि सच्चे सौंदर्य और प्रेम में करुणा का भाव भी होना आवश्यक है। उनके सौंदर्य में बसी कोमलता साधकों को यह सिखाती है कि कैसे आत्मा की गहराई में जाकर प्रेम और दया की अनुभूति की जा सकती है।

"दया की मूरत, करुणा की छवि,
अप्सराएँ हैं जो देतीं प्रेम में आत्मा की सजीव कवि।"

अप्सराएँ परीक्षक के रूप में: संयम और आत्मबल की चुनौती

अप्सराएँ न केवल साधकों को मार्गदर्शन देती हैं, बल्कि उनके संयम और आत्मबल की परीक्षा भी लेती हैं। उनकी मोहिनी शक्ति और माया साधकों के लिए एक चेतावनी का प्रतीक हैं, जो उन्हें यह याद दिलाती हैं कि आत्म-ज्ञान की राह पर मोह और माया की बाधाएँ आ सकती हैं। उनके सम्मोहन में फंसकर साधक अपने मार्ग से भटक सकता है, और यही वह चुनौती है, जो उन्हें अपने आत्मबल का परीक्षण करने का अवसर प्रदान करती है।

कामना का परीक्षण

अप्सराएँ साधकों के मार्ग में कामना और मोह का जाल बिछाती हैं। उनका सौंदर्य और मोहकता साधकों के लिए एक ऐसा आकर्षण है, जो उन्हें अपनी आत्मा की परीक्षा लेने पर मजबूर करता है। उनके आकर्षण से बचकर साधक को यह सिद्ध करना होता है कि वह मोह और माया को पार करने की शक्ति रखता है।

"जिसके मोहक रूप में बसी हो कामना का परिक्षण,
वह अप्सरा है, जो देती साधकों को आत्मबल का सजीव अनुभव।"

माया का भ्रम और ध्यान की परीक्षा

अप्सराओं की माया शक्ति साधकों की एकाग्रता और ध्यान का भी परीक्षण करती है। उनकी उपस्थिति साधकों के ध्यान को विचलित कर सकती है, और यह इस बात का प्रतीक है कि सच्चा साधक वही है, जो अपनी साधना में स्थिर रह सके। उनकी माया शक्ति से साधकों के भीतर वह शक्ति उत्पन्न होती है, जो ध्यान और एकाग्रता के प्रति समर्पण को बढ़ाती है।

"मोहिनी शक्ति से बंधे साधकों के ध्यान का स्वर,
अप्सराएँ हैं, जो देतीं आत्मबल का अमर।"

आत्मा की विजय: मोह और माया का पारावार

अप्सराएँ साधकों के लिए एक ऐसी चुनौती बन जाती हैं, जो उन्हें मोह और माया को पार करने की प्रेरणा देती हैं। उनकी मोहिनी शक्ति और सौंदर्य साधकों के लिए यह सिखाने का माध्यम है कि सच्चे आत्म-ज्ञान की प्राप्ति के लिए इन बाधाओं को पार करना अनिवार्य है। उनकी उपस्थिति से साधक अपने भीतर के उन गुणों को जाग्रत करता है, जो मोह और माया को पार करने में सहायक होते हैं।

माया का पार करना: आत्म-ज्ञान की ओर यात्रा

अप्सराएँ साधकों को यह सिखाती हैं कि आत्म-ज्ञान की राह पर मोह और माया केवल एक भ्रम है, जिसे पार करके ही आत्मा की वास्तविकता को समझा जा सकता है। उनकी माया शक्ति साधकों के लिए एक मार्गदर्शन भी है, जो यह दर्शाती है कि आत्म-ज्ञान की यात्रा में संयम और आत्मबल ही असली साथी हैं।

"मोह के पार जहाँ आत्मा का प्रकाश,
वहाँ अप्सराएँ देतीं आत्म-ज्ञान का विलास।"

प्रतीकात्मकता का सार: आत्म-ज्ञान और संयम

अप्सराओं का साधकों के जीवन में यह दोहरा अर्थ है कि वे मार्गदर्शक और परीक्षक दोनों का कार्य करती हैं। उनका सौंदर्य, मोहिनी शक्ति, और करुणा साधकों को यह सिखाती है कि सच्चे आत्म-ज्ञान की प्राप्ति संयम, प्रेम, और दया के माध्यम से ही संभव है।

समापन

अप्सराएँ साधकों के लिए सौंदर्य, मोह, प्रेम, और करुणा का प्रतीक हैं। उनकी उपस्थिति साधकों की परीक्षा लेने के साथ-साथ उन्हें प्रेरणा और चेतना भी देती है। वे मोहिनी शक्ति की प्रतीक हैं, जो साधकों को यह सिखाती है कि आत्मा की वास्तविकता को समझने के लिए मोह और माया को पार करना आवश्यक है। उनके प्रेम और करुणा से साधकों के हृदय में आत्मा की दिव्यता का बोध होता है।

"साधकों की यात्रा में जो देती सौंदर्य का एहसास,
वह अप्सराएँ हैं, जो आत्मा को बनातीं प्रेम का प्रकाश।"

१३. अप्सराओं की कथाएँ

अप्सराओं की दिव्यता: प्रेम, सौंदर्य और आकर्षण की पराकाष्ठा

प्राचीन कथाओं में कुछ अप्सराएँ ऐसी हैं, जिनके सौंदर्य, मोहिनी शक्ति, और अद्वितीय गुणों ने स्वर्ग और धरती दोनों पर अमिट छाप छोड़ी है। *उर्वशी, रम्भा, मेनका,* और *तिलोत्तमा*—इन अप्सराओं की कथाएँ प्रेम, मोह, और आत्मिक शक्ति की जटिलता को उजागर करती हैं। इनका सौंदर्य न केवल आकर्षण का प्रतीक है, बल्कि जीवन में प्रेम, करुणा, और चुनौती का भी संदेश देती हैं।

"प्रेम की देवी, सौंदर्य की प्रतिमूर्ति,
ये अप्सराएँ हैं स्वर्ग की अनमोल सजीव मूर्ति।"

इस अध्याय में हम प्रत्येक अप्सरा की अद्वितीय कहानी का अध्ययन करेंगे, जिसमें उनकी दिव्यता, उनके कार्य, और उनका गहरा प्रतीकात्मक महत्व छुपा है।

उर्वशी: प्रेम और आकर्षण की देवी

उर्वशी को अप्सराओं में सबसे अधिक प्रतिष्ठित माना गया है। उनका सौंदर्य और मोहकता अद्वितीय है, और उनका नाम प्रेम और आकर्षण का पर्याय है। *पुरुरवा* के साथ उनके प्रेम की कहानी पौराणिक कथाओं में अमर है। इस कथा में उर्वशी का प्रेम और उनके अलौकिक सौंदर्य का अद्वितीय रूप सामने आता है।

पुरुरवा और उर्वशी की प्रेम गाथा

पुरुरवा के साथ उर्वशी का प्रेम भारतीय पौराणिक कथाओं में एक अद्भुत प्रेम गाथा के रूप में उभरता है। उर्वशी ने अपनी स्वर्गीय दिव्यता और अमरत्व को छोड़कर पुरुरवा के साथ पृथ्वी पर जीवन बिताने का निश्चय किया। उनकी यह प्रेम कहानी यह दर्शाती है कि प्रेम केवल स्वर्ग तक सीमित नहीं, बल्कि उसके लिए मानवीय हृदय में भी स्थान है।

"जिसने अमरत्व को छोड़ा प्रेम की खातिर,
वह उर्वशी है जिसकी मोहकता है अमर।"

उर्वशी का प्रेम केवल शारीरिक आकर्षण नहीं, बल्कि आत्मा की गहराई में छिपे उस प्रेम का प्रतीक है, जो जीवन में वास्तविक संतोष और आनंद लाता है। उनकी इस कथा में प्रेम की अनंतता और आत्मा की पुकार का प्रतीक छुपा है।

उर्वशी का सौंदर्य और प्रतीकात्मकता

उर्वशी का सौंदर्य मानो प्रकृति के सबसे सुंदर तत्वों का सम्मिश्रण है। उनका चेहरा, उनकी चाल, और उनकी आँखों में वह मोहकता है, जिससे स्वर्ग और धरती दोनों मोहित हो जाते हैं। उनका रूप और प्रेम यह सिखाता है कि सच्चा सौंदर्य आत्मा की गहराई में बसा हुआ है।

"प्रेम की ज्योति, सौंदर्य की छवि,
वह उर्वशी है जिसकी मोहिनी में बसी आत्मा की रवि।"

रम्भा: आकर्षण की सजीव मूर्ति

रम्भा स्वर्ग की उन अप्सराओं में से हैं, जिनकी मोहिनी शक्ति और आकर्षण की कहानियाँ देवताओं और साधकों के बीच प्रसिद्ध हैं। उनका नृत्य और संगीत स्वर्ग में जीवन का संचार करता है। रम्भा का सौंदर्य ऐसा है कि उनकी उपस्थिति में देवताओं और साधकों का मन मोहकता और प्रेम से भर जाता है।

देवताओं और साधकों पर रम्भा का प्रभाव

रम्भा कई बार देवताओं के आदेश पर साधकों की तपस्या भंग करने के लिए भेजी गईं। उनकी मोहकता और आकर्षण से कई साधक अपनी साधना से विचलित हो गए। उदाहरण के लिए, रम्भा के सम्मोहन में फंसकर कई साधकों का तप भंग हुआ, जिससे यह पता चलता है कि उनका सौंदर्य और मोहिनी शक्ति साधकों के आत्मबल की परीक्षा के लिए एक माध्यम थी।

"जिसके आकर्षण में बंधे साधक और देवता,
वह रम्भा हैं, जो प्रेम और मोह का देती नवल स्रोत।"

रम्भा का प्रतीकात्मक अर्थ

रम्भा का सौंदर्य और उनका नृत्य जीवन में संतुलन और लय का प्रतीक है। उनकी उपस्थिति से स्वर्ग में आनंद और शांति का संचार होता है। वे प्रेम और आकर्षण की प्रतीक हैं, जो यह सिखाती हैं कि जीवन में मोहिनी शक्ति को समझकर ही आत्म-ज्ञान की प्राप्ति की जा सकती है।

"सौंदर्य की मूरत, मोहकता की चाल,
वह रम्भा हैं, जिनसे स्वर्ग होता उज्ज्वल और बेमिसाल।"

मेनका: सौंदर्य, मोहिनी शक्ति, और मातृत्व की प्रतिमूर्ति

मेनका की कहानी साधक और देवता दोनों के लिए एक प्रेरणादायक और चुनौतीपूर्ण कथा है। उनका सौंदर्य इतना मोहक था कि महर्षि *विश्वामित्र* जैसे तपस्वी भी उनकी मोहिनी शक्ति में बंध गए। मेनका की कथा केवल सौंदर्य और आकर्षण तक सीमित नहीं; उनके मातृत्व का पहलू भी उतना ही महत्वपूर्ण है।

विश्वामित्र और मेनका की कथा

मेनका की सबसे प्रसिद्ध कथा महर्षि विश्वामित्र की तपस्या को भंग करने की है। इंद्र के आदेश पर मेनका ने विश्वामित्र की तपस्या भंग करने के लिए अपनी मोहिनी शक्ति का प्रयोग किया। विश्वामित्र उनके सौंदर्य और आकर्षण में इतने बंध गए कि उनकी साधना में विघ्न आ गया। इस कथा में मेनका का सौंदर्य और मोहकता साधकों के संयम की परीक्षा का प्रतीक है।

"जिसने तप को मोहिनी में बांध दिया,
वह मेनका हैं, जो देती संयम की सीख का अद्भुत सूत्र।"

मेनका का मातृत्व और शकुंतला की कथा

मेनका ने *शकुंतला* जैसी महान पुत्री को जन्म दिया, जो महाभारत के महान राजा भरत की माँ बनीं। मेनका का मातृत्व और उनका प्रेम यह दर्शाता है कि उनकी मोहकता केवल बाहरी नहीं, बल्कि उनके हृदय की गहराई में बसा मातृत्व का भाव भी है।

"मोहकता में बसी हो माँ की छवि,
वह मेनका हैं, जिनसे जन्मी शकुंतला की कविता सभी।"

मेनका का यह गुण यह सिखाता है कि सच्चे प्रेम में मातृत्व और करुणा का भाव भी समाहित होता है, और उनका सौंदर्य केवल बाहरी नहीं, बल्कि आंतरिक गहराई का प्रतीक है।

तिलोत्तमा: सौंदर्य की चरम सीमा

तिलोत्तमा को देवताओं ने सौंदर्य की पराकाष्ठा के रूप में रचा था। हर देवता ने अपनी विशेषता का एक अंश देकर तिलोत्तमा का निर्माण किया, जिससे वह एक अनोखी और अद्वितीय अप्सरा बन गईं। उनका सौंदर्य इतना अद्वितीय था कि उनकी उपस्थिति मात्र से असुरों के बीच विवाद उत्पन्न हो गया।

सुंड और उपसुंड की कथा

तिलोत्तमा की सबसे प्रमुख कथा असुर भाइयों *सुंड* और *उपसुंड* से जुड़ी हुई है। जब इन दोनों असुर भाइयों ने देवताओं को चुनौती देना शुरू किया, तो देवताओं ने तिलोत्तमा को उनकी मोहिनी शक्ति से उनका अंत करने के लिए भेजा। उनकी सुंदरता से मोहित होकर सुंड और उपसुंड एक-दूसरे से लड़ने लगे और अंततः अपने ही हाथों मारे गए।

"जिसके सौंदर्य से असुर हुए नष्ट,
वह तिलोत्तमा हैं, सौंदर्य की पराकाष्ठा की सजीव कष्ट।"

तिलोत्तमा का प्रतीकात्मक सौंदर्य

तिलोत्तमा का सौंदर्य यह दर्शाता है कि सच्चे सौंदर्य में ऐसी शक्ति है, जो बुराई का अंत कर सकती है। उनका रूप और उनका चरित्र यह सिखाता है कि सौंदर्य में विनाश और निर्माण दोनों की शक्ति छुपी हुई है। तिलोत्तमा इस बात का प्रतीक हैं कि सौंदर्य केवल आकर्षण नहीं, बल्कि जीवन के संतुलन का एक महत्वपूर्ण तत्व भी है।

14. अप्सराओं का साधकों को लाभ

1. *नित्य अप्सराएँ* (Eternal Apsaras)

उर्वशी

उत्पत्ति कथा: उर्वशी का जन्म ऋषि नारायण की तपस्या के प्रभाव से हुआ था। एक दिन जब ऋषि नारायण ध्यान में मग्न थे, तब देवता उनका ध्यान भंग करने के लिए अप्सराओं को भेजते हैं। नारायण अपनी तपस्या की शक्ति से एक ऐसी अप्सरा को उत्पन्न करते हैं, जिसका सौंदर्य अद्वितीय होता है। यह अप्सरा उर्वशी कहलाती है और स्वर्ग में देवताओं की सभा का हिस्सा बन जाती है।

साधकों को लाभ: उर्वशी साधकों के लिए प्रेम, आत्म-नियंत्रण और संयम का प्रतीक हैं। उनकी उपस्थिति साधक को सिखाती है कि सच्चा प्रेम केवल भौतिक आकर्षण में नहीं बल्कि आत्मा के शुद्ध सौंदर्य में है। उर्वशी से साधक अपनी इच्छाओं पर नियंत्रण और आत्म-संयम की कला सीखते हैं।

रम्भा

उत्पत्ति कथा: रम्भा को इंद्र ने विशेष रूप से स्वर्ग के मनोरंजन के लिए बनाया था। वह नृत्य और संगीत में निपुण हैं और अपनी मोहिनी शक्ति से स्वर्ग को आनंद और उल्लास से भर देती हैं। रम्भा का सौंदर्य और मोहकता साधकों के लिए एक चुनौती का प्रतीक है।

साधकों को लाभ: रम्भा साधकों के लिए आकर्षण और संयम की परीक्षा का प्रतीक हैं। उनकी उपस्थिति से साधक को अपनी इच्छाओं पर नियंत्रण का अभ्यास करने का मौका मिलता है। उनके सौंदर्य के सामने संयम बनाए रखना साधकों के आत्मबल की परीक्षा होती है, जो उन्हें आत्मा की शक्ति की गहराई तक ले जाती है।

मेनका

उत्पत्ति कथा: मेनका का जन्म भी स्वर्ग की शोभा और इंद्र के दरबार की सजावट के लिए हुआ था। मेनका का सबसे प्रसिद्ध प्रसंग महर्षि विश्वामित्र के साथ जुड़ा हुआ है। इंद्र के आदेश पर मेनका ने विश्वामित्र की तपस्या भंग की, जिससे उनका संयम टूट गया।

साधकों को लाभ: मेनका साधकों के लिए आकर्षण और करुणा का प्रतीक हैं। उनकी मोहकता साधक के लिए आत्म-संयम की चुनौती होती है। साथ ही, उनके मातृत्व के गुण से साधक करुणा और दया का पाठ सीख सकते हैं।

तिलोत्तमा

उत्पत्ति कथा: तिलोत्तमा का निर्माण सभी देवताओं ने मिलकर किया था। उन्होंने अपनी-अपनी विशेषताओं का अंश देकर तिलोत्तमा का रूप बनाया, जिससे वह सौंदर्य की पराकाष्ठा बन गईं। तिलोत्तमा ने असुर भाइयों, सुंड और उपसुंड का अंत अपनी मोहिनी शक्ति से किया।

साधकों को लाभ: तिलोत्तमा का सौंदर्य यह सिखाता है कि आत्म-संयम और आत्मबल से साधक अपनी अंदरूनी शक्तियों का विकास कर सकते हैं। उनके सौंदर्य में बुराई को समाप्त करने की शक्ति है, जो यह सिखाती है कि सच्चा सौंदर्य मन और आत्मा की पवित्रता में निहित होता है।

विश्ववारा

उत्पत्ति कथा: विश्ववारा का जन्म स्वर्ग की शोभा और उसकी पवित्रता को बनाए रखने के लिए हुआ था। वह शांत और गंभीर सौंदर्य की देवी मानी जाती हैं, जिनकी उपस्थिति से स्वर्ग का वातावरण संतुलित रहता है।

साधकों को लाभ: विश्ववारा साधकों के लिए शांति और संतुलन का प्रतीक हैं। उनकी उपस्थिति से साधक ध्यान और आत्म-संयम के महत्व को समझते हैं।

2. *कन्या अप्सराएँ* (Young, Virgin Apsaras)

मेनका और रम्भा

ये दोनों अप्सराएँ अपनी मासूमियत और आकर्षण के कारण स्वर्ग में विशेष स्थान रखती हैं। उनकी युवा अवस्था का सौंदर्य साधकों के लिए एक प्रेम का प्रतीक है, जिससे साधक अपनी आत्मा में प्रेम और सौंदर्य का अनुभव कर सकते हैं।

उर्जस्वती

उत्पत्ति कथा: उर्जस्वती का नाम उनके ऊर्जा और सौंदर्य के कारण प्रसिद्ध है। उनके सौंदर्य में जोश और उमंग है, जो साधकों के हृदय को प्रेरित करती है।

साधकों को लाभ: उर्जस्वती साधकों को अपनी ऊर्जा और जीवंतता से प्रेरित करती हैं। उनकी उपस्थिति साधक को यह सिखाती है कि आत्मा में जीवन और उत्साह होना भी आध्यात्मिक विकास का हिस्सा है।

3. *चारण अप्सराएँ* (Apsaras of Higher Realms)

विश्ववारा

उत्पत्ति कथा: विश्ववारा को चारण अप्सराओं में माना जाता है। उनकी भूमिका विशेष रूप से देवताओं के बीच संदेशवाहक के रूप में होती है। उनका सौंदर्य शांतिपूर्ण और दिव्य है।

साधकों को लाभ: साधकों के लिए विश्ववारा आत्मिक शांति और संतुलन का प्रतीक हैं। साधक उनसे यह सीखते हैं कि ध्यान और आत्म-संयम से आत्मा की गहराई को अनुभव किया जा सकता है।

पुण्डरीका

उत्पत्ति कथा: पुण्डरीका का नाम सफेद कमल जैसा शुद्ध माना गया है। वह अपनी पवित्रता के कारण स्वर्ग में देवताओं के लिए प्रेरणा का स्रोत हैं।

साधकों को लाभ: पुण्डरीका साधकों को सिखाती हैं कि पवित्रता और स्वच्छता के गुण आत्मा के विकास के लिए आवश्यक हैं। उनका सौंदर्य साधकों को उनके अंतर्मन की शुद्धता को जागृत करने में मदद करता है।

4. *माया अप्सराएँ* (Apsaras with Magical Powers)

सुरुचि

उत्पत्ति कथा: सुरुचि का जन्म स्वर्ग के आनंद और माया शक्ति को दिखाने के लिए हुआ था। वह अपनी मोहकता से किसी को भी अपने सम्मोहन में बाँध सकती हैं।

साधकों को लाभ: सुरुचि साधकों के लिए आत्म-संयम की परीक्षा हैं। उनका माया रूप साधक को यह सिखाता है कि मोह और माया को पार करना आत्म-ज्ञान की ओर पहला कदम है।

कंचना

उत्पत्ति कथा: कंचना का नाम उनके सुनहरे सौंदर्य के कारण प्रसिद्ध है। उनकी मोहिनी शक्ति से स्वर्ग में आनंद का संचार होता है।

साधकों को लाभ: कंचना साधकों के लिए मोहकता की शक्ति का प्रतीक हैं। उनकी उपस्थिति साधक को आत्म-संयम और ध्यान की ओर प्रेरित करती है।

5. *राजसिक अप्सराएँ* (Apsaras of Passion and Desire)

कैलानी

उत्पत्ति कथा: कैलानी का जन्म प्रेम और आकर्षण की शक्ति को प्रकट करने के लिए हुआ था। उनके सौंदर्य में जीवन की ऊर्जा और आकर्षण है।

साधकों को लाभ: कैलानी साधकों के लिए प्रेम और जीवन की ऊर्जा का प्रतीक हैं। उनसे साधक यह सीख सकते हैं कि जीवन में सच्ची शक्ति प्रेम और ऊर्जा में है।

6. *तामसिक अप्सराएँ* (Apsaras of Ignorance and Delusion)

श्रीवत्स

उत्पत्ति कथा: श्रीवत्स तामसिक गुणों वाली अप्सरा मानी जाती हैं। उनका सौंदर्य भ्रम और मोह का प्रतीक है।

साधकों को लाभ: श्रीवत्स साधकों के लिए मोह और माया की परीक्षा का प्रतीक हैं। उनके रूप में साधक को यह सीखने का अवसर मिलता है कि सच्चा आत्म-ज्ञान मोह को त्याग कर ही प्राप्त किया जा सकता है।

7. *विश्वकर्मा द्वारा निर्मित अप्सराएँ* (Apsaras Created by Vishwakarma)

सावित्री

उत्पत्ति कथा: सावित्री का निर्माण विश्वकर्मा द्वारा किया गया था। उनका सौंदर्य और कौशल अद्वितीय है और वे स्वर्ग की शोभा बढ़ाती हैं।

साधकों को लाभ: सावित्री साधकों के लिए कला और कौशल का प्रतीक हैं। उनसे साधक यह सीखते हैं कि आत्मिक विकास के लिए कला और सृजन की भावना भी महत्वपूर्ण है।

8. *सुंदरि अप्सराएँ* (Apsaras of Supreme Beauty)

विश्ववारा और उर्वशी

ये दोनों अप्सराएँ सौंदर्य और प्रेम की मूर्तियाँ हैं। उनका सौंदर्य साधकों के लिए प्रेरणा का स्रोत है और आत्मा की गहराई तक प्रेम का संदेश देता है।

साधकों को लाभ: इन सुंदरि अप्सराओं के माध्यम से साधक आत्म-प्रेम, सौंदर्य और संतुलन का महत्व सीखते हैं। उनसे साधक अपने भीतर के सौंदर्य को पहचानने और आत्मा की शांति को अनुभव करने की प्रेरणा पाते हैं।

यह प्रत्येक अप्सरा की विशेषताएँ और साधकों को मिलने वाले लाभ का संक्षिप्त विवरण है। इन अप्सराओं से साधक न केवल सौंदर्य और मोहिनी शक्ति के रहस्यों को समझते हैं, बल्कि आत्म-संयम, प्रेम, और आत्म-ज्ञान की दिशा में प्रेरित होते हैं।

15. पौराणिक कथाओं में अप्सरा

भारतीय पौराणिक कथाओं में अप्सराओं का उल्लेख प्रमुखता से होता है। वे दिव्य, सुंदर, और विशेष शक्तियों से संपन्न होती हैं। यहां मैं कुछ प्रमुख अप्सराओं के बारे में संक्षेप में बता रहा हूँ:

1. **उर्वशी** – सबसे प्रसिद्ध अप्सराओं में से एक, उर्वशी को अपनी अनोखी सुंदरता और कला में निपुणता के लिए जाना जाता है। कहा जाता है कि वह स्वर्ग में संगीत और नृत्य में श्रेष्ठ थीं।

2. **रंभा** – स्वर्ग की प्रमुख अप्सरा रंभा को सौंदर्य की देवी भी कहा गया है। वह अपने मोहक नृत्य और संगीत कला से देवताओं को भी प्रभावित करने की क्षमता रखती थीं।

3. **तिलोत्तमा** – यह अप्सरा अपनी अद्वितीय सुंदरता के लिए जानी जाती है, जो इतनी मनमोहक थी कि उसे विशेष रूप से ब्रह्मा द्वारा विभिन्न दिव्य गुणों से सजीव किया गया था।

4. **मेनका** – मेनका भी प्रसिद्ध अप्सरा है, जिसे कई बार पृथ्वी पर भेजा गया ताकि वह तपस्वियों के तप को भंग कर सके। उसकी कथा विशेष रूप से ऋषि विश्वामित्र के साथ जुड़ी हुई है।

5. **घृताची** – यह अप्सरा भी अपने आकर्षण के लिए प्रसिद्ध थी और उसे कई महापुरुषों और ऋषियों को मोहित करने के लिए जाना जाता था।

6. **अंबिका** – वह देवताओं और ऋषियों के समक्ष अपनी कला से उन्हें मोहित करने में सक्षम अप्सरा मानी जाती है। उसका उल्लेख विशेष रूप से धार्मिक ग्रंथों में किया गया है।

7. **अनवद्या** – अनवद्या का अर्थ है "बिना दोष के"। यह अप्सरा भी अद्वितीय गुणों से संपन्न है और अपनी अतुलनीय सुंदरता और मोहकता के लिए प्रसिद्ध है।

8. **चंद्रज्योत्सना** – इस अप्सरा का नाम "चंद्र के समान चमक" को दर्शाता है। उसे चंद्रमा की उज्जवलता और शीतलता का प्रतीक माना गया है।

9. **कामरुपा** – यह अप्सरा अपनी इच्छानुसार रूप बदल सकती है, इसीलिए उसे कामवेगा या कामरुपा कहा जाता है।

10. **इंद्राणी** – इंद्राणी का संबंध इंद्र देव से माना जाता है, जो प्रमुख अप्सराओं में से एक है और शक्ति और सौंदर्य की प्रतीक है।

प्राचीन पौराणिक ग्रंथों और कथाओं में अप्सराओं का उल्लेख उनके अद्वितीय गुणों, सुंदरता, और प्रभावशाली कथाओं के संदर्भ में किया गया है। उनका वर्णन सिर्फ उनकी सुंदरता तक ही सीमित नहीं, बल्कि वे विभिन्न क्षमताओं और दिव्य गुणों से भी संपन्न होती हैं।

यहाँ सभी अप्सराओं का संक्षिप्त वर्णन है। प्रत्येक का नाम और संक्षेप में उनकी विशेषताएँ यहाँ दी जा रही हैं, ताकि आपको उनकी अनोखी पहचान समझने में मदद मिल सके:

1. **रत्नमाला अप्सरा** – यह अप्सरा अपने नाम के अनुसार बहुमूल्य और दुर्लभ गुणों से युक्त है, जैसे रत्नों का चमकता हार।

2. **लीलावती अप्सरा** – कला और सौंदर्य में निपुण, लीलावती अपने मोहक स्वभाव और सजीव व्यक्तित्व के लिए प्रसिद्ध है।

3. **यक्षिणी अप्सरा** – यक्षिणियाँ अद्वितीय शक्तियों वाली होती हैं, जिन्हें अपने सौंदर्य और रहस्यमयी गुणों के कारण पूजा जाता है।

4. **तिलोत्तमा अप्सरा** – इसे सृष्टि की सबसे सुंदर अप्सराओं में गिना गया है, ब्रह्मा ने इसे विशेष रूप से आकर्षक गुणों से सुसज्जित किया था।

5. **दिव्यांगा अप्सरा** – दिव्य स्वरूप वाली यह अप्सरा दैवीय आभा से युक्त है, जिससे वह पृथ्वी और स्वर्ग दोनों में पूजनीय मानी जाती है।

6. **पुष्पदेहा अप्सरा** – पुष्पों की खुशबू और कोमलता से युक्त यह अप्सरा एक प्रकार की पुष्पात्मा है, जिसकी सुगंध और छवि अद्वितीय है।

7. **फूलपरी अप्सरा** – इसका स्वरूप फूलों जैसा कोमल और मनमोहक है, जिससे वह प्रकृति के प्रति विशेष प्रेम दिखाती है।

8. **सुलेमानी लालपरी अप्सरा** – इस अप्सरा का संबंध विशेष लाल पत्थरों से है, जिससे यह रहस्यमय और अनोखी दिखाई देती है।

9. **आलम्बुषा अप्सरा** – यह अप्सरा अपनी चंचलता और आकर्षक रूप के लिए प्रसिद्ध है, जिसकी कथाएँ प्राचीन ग्रंथों में मिलती हैं।

10. **अंबिका अप्सरा** – यह अप्सरा देवी शक्ति का प्रतीक मानी जाती है और अपनी अनंत ऊर्जा और सुंदरता के लिए प्रसिद्ध है।

11. **अनवद्या अप्सरा** – इसका अर्थ है "बिना दोष के"। यह अप्सरा अपनी नीरव सुंदरता और अद्वितीयता के लिए प्रसिद्ध है।

12. **अनुचना अप्सरा** – अनुचना का नाम उसकी विद्वता और समझदारी को दर्शाता है, उसे एक बुद्धिमान अप्सरा माना जाता है।

13. **अरुणा अप्सरा** – इसका रंग और रूप सूर्य की पहली किरण के समान उज्जवल और सुंदर माना जाता है।

14. **असिता अप्सरा** – इसका अर्थ "काली" है, परंतु वह आंतरिक सुंदरता और आकर्षण से पूर्ण है।

15. **बुदबुदा अप्सरा** – इसका स्वरूप पानी की बुदबुदाहट जैसा है, जिससे यह अनोखी और निरंतर गतिमान लगती है।

16. **चंद्रज्योत्सना अप्सरा** – चंद्रमा के समान चमक वाली इस अप्सरा का विशेष रूप से रात के समय सौंदर्य बढ़ जाता है।

17. **देवी अप्सरा** – इसे दिव्य गुणों से युक्त माना गया है, जो अपनी अद्वितीय आभा के लिए प्रसिद्ध है।

18. **घृताची अप्सरा** – इसकी कोमलता और आकर्षण को घी की तरह चिकनी और मधुर माना जाता है।

19. **गुणवख्या अप्सरा** – यह अप्सरा अपने गुणों और वैभव के कारण विशेष मानी जाती है।

20. **गुणवरा अप्सरा** – इसमें असाधारण गुण हैं, जो उसे अन्य अप्सराओं से अलग बनाते हैं।

21. **हर्षा अप्सरा** – आनंद और उल्लास की प्रतीक, हर्षा अपने सकारात्मक ऊर्जा के कारण प्रिय मानी जाती है।

22. **इंद्रलक्ष्मी अप्सरा** – यह इंद्र देव की विशेष अप्सरा है, जो अपने अलौकिक सौंदर्य के लिए प्रसिद्ध है।

23. **काम्या अप्सरा** – अपने नाम के अनुसार, यह अप्सरा मोहकता की प्रतीक मानी जाती है।

24. **कर्णिका अप्सरा** – इसका नाम उसे पुष्प की तरह कोमल और मोहक बनाता है।

25. **केशिनी अप्सरा** – इसके लंबे बाल और मोहक रूप की विशेषता के लिए यह प्रसिद्ध है।

26. **क्षेमा अप्सरा** – सुरक्षा और शांति की प्रतीक, क्षेमा अप्सरा अपने सौम्य स्वभाव के लिए मानी जाती है।

27. **लता अप्सरा** – इसे बेल की तरह लचीली और सुंदर माना जाता है।

28. **लक्ष्मणा अप्सरा** – यह अप्सरा समृद्धि और वैभव का प्रतीक है।

29. **मनोरमा अप्सरा** – मन को लुभाने वाली, यह अप्सरा अपने नाम के अनुसार सौंदर्य की प्रतीक है।

30. **मरीची अप्सरा** – इसका स्वरूप सूर्य की किरणों जैसा चमकता हुआ है।

31. **मेनका अप्सरा** – यह प्रसिद्ध अप्सरा है, जिसे विश्वामित्र की तपस्या को भंग करने के लिए भेजा गया था।

32. **मिश्रस्थला अप्सरा** – मिश्रित विशेषताओं से युक्त, यह अप्सरा अपने अद्वितीय गुणों के लिए प्रसिद्ध है।

33. **मृगाक्षी अप्सरा** – इसका नाम इसकी हिरण जैसी आँखों के कारण पड़ा है, जो उसे अद्वितीय आकर्षण देता है।

34. **नभिदर्शन अप्सरा** – इसका अर्थ है "आकाश को देखने वाली," जो कि इसके दिव्य गुणों को दर्शाता है।

35. **पूर्वचित्ती अप्सरा** – प्राचीन कथाओं में यह अप्सरा विशेष आकर्षण के लिए जानी जाती है।

36. **रक्षिता अप्सरा** – सुरक्षा की प्रतीक, रक्षिता को सौंदर्य और शक्ति दोनों से युक्त माना गया है।

37. **रंभा अप्सरा** – यह प्रसिद्ध अप्सरा अपने मोहक नृत्य और संगीत के लिए जानी जाती है।

38. **ऋतुशाला अप्सरा** – इसका नाम ऋतु (मौसम) से संबंधित है, जो इसकी बहुरंगी छवि को दर्शाता है।

39. **सहजंया अप्सरा** – सहज स्वभाव और मोहकता की प्रतीक मानी जाती है।

40. **समीची अप्सरा** – सरलता और कोमलता में अद्वितीय।

41. **सौर्बेधी अप्सरा** – यह अप्सरा अपनी रहस्यमयी शक्तियों के लिए जानी जाती है।

42. **शरद्वती अप्सरा** – शरद ऋतु के समान सुंदर और शीतल।

43. **शुचिका अप्सरा** – इसका अर्थ है "पवित्रता," जो इसे अन्य अप्सराओं से अलग बनाता है।

44. **सुवाहू अप्सरा** – लंबे, सुकोमल हाथों वाली।

45. **सुगंधा अप्सरा** – इसकी उपस्थिति में सुगंध फैलती है, जो इसे विशेष बनाती है।

46. **सुप्रिया अप्सरा** – अपने प्रिय और आकर्षक गुणों के कारण जानी जाती है।

47. **सुरजा अप्सरा** – दिव्य ज्योति की प्रतीक।

48. **सुरसा अप्सरा** – सुरों की देवी, इसे संगीत और मधुरता का प्रतीक माना जाता है।

49. **सुरता अप्सरा** – इसका नाम इंद्रधनुष के समान सौंदर्य को दर्शाता है।

50. **उर्मलोचा अप्सरा** – जल की लहरों जैसी कोमलता।

51. **उर्वशी अप्सरा** – सबसे प्रसिद्ध अप्सरा, जिसे अपनी अद्वितीय सुंदरता और कला के लिए जाना जाता है।

52. **वर्गा अप्सरा** – इसके गुणों का वर्गीकरण इसे अद्वितीय बनाता है।

53. **विद्युत्पर्णा अप्सरा** – विद्युत जैसी चमक और स्फूर्ति वाली अप्सरा।

54. **विश्वाची अप्सरा** – सभी दिशाओं में चर्चित और प्रसिद्ध।

55. **रति अप्सरा** – प्रेम और आकर्षण की प्रतीक।

56. **मृदुला अप्सरा** – कोमलता और सरलता से युक्त।

57. **सौन्दर्योत्तम अप्सरा** – श्रेष्ठ सौंदर्य की प्रतीक।

58. **रूपोज्जवला अप्सरा** – उज्ज्वल सौंदर्य वाली।

59. **अर्पणा अप्सरा** – समर्पण की भावना वाली।

60. **दिव्यांगना अप्सरा** – दिव्य रूप की धारण करने वाली।

61. **शशि अप्सरा** – चंद्रमा के समान शीतल और शांत।

62. **चन्द्रकला अप्सरा** – चंद्र की कलाओं का प्रतीक।

63. **कामवेगा** (कामरूपा) **अप्सरा** – इच्छानुसार रूप बदलने वाली।

64. **इन्द्राणी अप्सरा** – इंद्र की मुख्य अप्सरा।

65. **अमृता अप्सरा** – अमृतमयी गुणों वाली।

66. **रंजना अप्सरा** – मन को प्रसन्न करने वाली।

67. **कंचन माला अप्सरा** – सोने के आभूषणों से सजीव।

68. **स्वर्ण मालिनी अप्सरा** – स्वर्ण हार से युक्त।

69. **कुण्डला हरिणी अप्सरा** – कानों में कुंडल और हिरण जैसी सुंदरता वाली।

70. **अनुम्लोचा अप्सरा** – अपनी मोहकता में अद्वितीय।

71. **भूषणि अप्सरा** – आभूषणों से सजीव।

72. **रंजिनी अप्सरा** – आनंद की भावना फैलाने वाली।

यह विवरण संक्षेप में इन सभी अप्सराओं के विशेष गुणों और व्यक्तित्व का परिचय देता है। इन सभी की कहानियों को विस्तार से समझने पर आपको पौराणिक कथाओं की गहराई का अनुभव होगा।

रंजिनी अप्सरा – आनंद की भावना फैलाने वाली।

16. अप्सराओं का दिव्य संसार

भारतीय अप्सराएँ, भारतीय पौराणिक कथाओं में, सौंदर्य, मोहकता, और आत्मिक शक्ति का सजीव रूप मानी जाती हैं। उनके रूप और गुण केवल आकर्षण का माध्यम नहीं, बल्कि आध्यात्मिक यात्रा में एक गहन अर्थ रखते हैं। इन अप्सराओं का जन्म विशेष उद्देश्य के लिए हुआ है—वे न केवल स्वर्ग की शोभा बढ़ाती हैं, बल्कि धरती पर साधकों के लिए मार्गदर्शन, प्रेरणा और चुनौती का स्रोत भी बनती हैं।

हर अप्सरा की एक अनूठी कथा है, जिसमें उनके जन्म की पृष्ठभूमि, उनकी शक्तियाँ और उनका विशेष गुण छिपा है। चाहे वह रति अप्सरा का प्रेम का संदेश हो, मृदुला की करुणा, तिलोत्तमा का आत्म-संयम का प्रतीक, या स्वर्णलता की आंतरिक प्रकाश की प्रेरणा—इन अप्सराओं की उपस्थिति साधकों को जीवन में शांति, संतुलन और आत्मा के गहरे अर्थों को समझने की प्रेरणा देती है।

इस अध्याय में, हम प्रत्येक अप्सरा की उत्पत्ति, उनकी विशेषताएँ और साधकों को मिलने वाले आशीर्वादों का विस्तृत अध्ययन करेंगे। इन अप्सराओं के माध्यम से साधक केवल मोह और सौंदर्य का अनुभव ही नहीं करते, बल्कि आत्मा के उच्चतम आयामों को भी समझने का प्रयास करते हैं। उनके आशीर्वाद से साधक अपने मन को शुद्ध, आत्मा को प्रखर और जीवन को संतुलित बना पाते हैं।

 यहाँ प्रत्येक अप्सरा की उत्पत्ति, विशेषताएँ और साधकों को मिलने वाले आशीर्वादों का सरल हिंदी में विस्तृत वर्णन प्रस्तुत है। इन अप्सराओं का सौंदर्य, मोहिनी शक्ति और करुणा साधकों के लिए मार्गदर्शन, प्रेरणा और आत्म-संयम का स्रोत बनता है।

रति अप्सरा

उत्पत्ति और विशेषताएँ: रति प्रेम और आकर्षण की देवी मानी जाती हैं। वह कामदेव की पत्नी हैं और प्रेम, आकर्षण और आनंद का प्रतीक हैं। रति का सौंदर्य मनमोहक है और उनकी उपस्थिति से वातावरण में प्रेम की भावना जाग्रत होती है।

साधकों को आशीर्वाद: रति अप्सरा प्रेम, आनंद और स्नेह का आशीर्वाद देती हैं। उनकी उपस्थिति से साधक प्रेम और आत्मिक आनंद का अनुभव करते हैं। वह सिखाती हैं कि सच्चा प्रेम आत्मा से होता है और इसका आधार केवल बाहरी आकर्षण नहीं है।

मृदुला अप्सरा

उत्पत्ति और विशेषताएँ: मृदुला अपने सौम्य स्वभाव और कोमलता के लिए जानी जाती हैं। उनका नाम ही उनके मृदुल (कोमल) स्वभाव को दर्शाता है। उनके व्यक्तित्व में करुणा और दया का भाव है, जिससे वे स्वर्ग में हर किसी के प्रति अपनत्व का भाव रखती हैं।

साधकों को आशीर्वाद: मृदुला साधकों को करुणा और सहनशीलता का आशीर्वाद देती हैं। उनकी कृपा से साधक अपने जीवन में दूसरों के प्रति दयालु और कोमलता का भाव रख पाते हैं, जो आत्मा को शांति और संतुलन प्रदान करता है।

तिलोत्तमा अप्सरा

उत्पत्ति और विशेषताएँ: तिलोत्तमा का निर्माण सभी देवताओं ने मिलकर किया था, जिससे वह सौंदर्य की चरम सीमा बन गईं। उनका सौंदर्य इतना मोहक था कि उनके आकर्षण से असुर सुंड और उपसुंड एक-दूसरे से लड़ कर मारे गए।

साधकों को आशीर्वाद: तिलोत्तमा साधकों को आत्म-संयम और सौंदर्य की समझ प्रदान करती हैं। वह सिखाती हैं कि सच्चा सौंदर्य आत्मा की पवित्रता और संकल्प में होता है। उनकी कृपा से साधक अपने अंदर छिपे सौंदर्य और शक्ति को पहचानते हैं।

रत्नमाला अप्सरा

उत्पत्ति और विशेषताएँ: रत्नमाला का नाम उनके सुंदर आभूषणों से हुआ है, जो रत्नों से जड़े होते हैं। उनका सौंदर्य और आकर्षण उनके आभूषणों में झलकता है, जिससे स्वर्ग का वातावरण और भी दिव्य हो जाता है।

साधकों को आशीर्वाद: रत्नमाला साधकों को आत्मा के आंतरिक मूल्य का आशीर्वाद देती हैं। उनकी उपस्थिति साधक को यह सिखाती है कि जीवन में केवल बाहरी आभूषणों की ही नहीं, बल्कि आत्मा की आभा और शुद्धता की भी आवश्यकता होती है।

सौन्दर्योत्तम अप्सरा

उत्पत्ति और विशेषताएँ: सौन्दर्योत्तम, जो सौंदर्य की श्रेष्ठतम मानी जाती हैं, अपने अनुपम रूप और कोमलता के लिए प्रसिद्ध हैं। वह स्वर्ग में सौंदर्य का प्रतीक हैं और उनकी उपस्थिति से वातावरण सुंदरता से भर जाता है।

साधकों को आशीर्वाद: सौन्दर्योत्तम साधकों को आंतरिक और बाहरी सौंदर्य का आशीर्वाद देती हैं। उनकी कृपा से साधक अपने जीवन में सौंदर्य और आत्मा की शांति को समझने में सक्षम होते हैं।

रूपोज्जवला अप्सरा

उत्पत्ति और विशेषताएँ: रूपोज्जवला अपनी चमकदार सुंदरता के कारण प्रसिद्ध हैं। उनका सौंदर्य ऐसा है कि उनके दर्शन से हर कोई मंत्रमुग्ध हो जाता है।

साधकों को आशीर्वाद: रूपोज्जवला साधकों को आंतरिक प्रकाश का अनुभव करने में मदद करती हैं। उनकी उपस्थिति साधक को अपने आत्मा की आभा को पहचानने और उसे प्रकाशित करने का मार्ग दिखाती है।

अर्पणा अप्सरा

उत्पत्ति और विशेषताएँ: अर्पणा, जो आत्मसमर्पण और भक्ति का प्रतीक मानी जाती हैं, अपने भव्य रूप और श्रद्धा भाव के कारण प्रसिद्ध हैं।

साधकों को आशीर्वाद: अर्पणा साधकों को भक्ति और आत्म-समर्पण का आशीर्वाद देती हैं। उनकी कृपा से साधक अपने जीवन में समर्पण और आत्मज्ञान के महत्व को समझते हैं।

दिव्यांगना अप्सरा

उत्पत्ति और विशेषताएँ: दिव्यांगना को उनके दिव्य सौंदर्य के कारण यह नाम मिला। उनका रूप और चाल ऐसी है कि हर कोई उन्हें देख कर मंत्रमुग्ध हो जाता है।

साधकों को आशीर्वाद: दिव्यांगना साधकों को आंतरिक दिव्यता का एहसास कराती हैं। उनकी उपस्थिति साधक को यह सिखाती है कि आत्मा का सौंदर्य सबसे ऊँचा और अनमोल है।

शशि अप्सरा

उत्पत्ति और विशेषताएँ: शशि का नाम चंद्रमा के समान है, और वह अपनी शीतलता और सौम्यता के लिए प्रसिद्ध हैं। उनकी आँखों में चंद्रमा जैसी शांति और कोमलता होती है।

साधकों को आशीर्वाद: शशि साधकों को शांति और धैर्य का आशीर्वाद देती हैं। उनकी कृपा से साधक अपने जीवन में धैर्य और शीतलता का विकास कर पाते हैं।

चन्द्रकला अप्सरा

उत्पत्ति और विशेषताएँ: चन्द्रकला को उनके चेहरे पर चंद्रमा जैसी कांति के कारण यह नाम दिया गया। उनका रूप और चाल शांति और आकर्षण का प्रतीक है।

साधकों को आशीर्वाद: चन्द्रकला साधकों को आंतरिक शांति और आकर्षण का आशीर्वाद देती हैं। उनके आशीर्वाद से साधक अपने जीवन में सौम्यता और आत्मा की आभा का अनुभव कर पाते हैं।

कामवेगा या कामरूपा अप्सरा

उत्पत्ति और विशेषताएँ: कामवेगा को मोहकता और आकर्षण की देवी माना जाता है। वह अपनी मोहिनी शक्ति से किसी को भी अपने वश में कर सकती हैं।

साधकों को आशीर्वाद: कामवेगा साधकों को आत्म-संयम का आशीर्वाद देती हैं। उनकी उपस्थिति साधकों को यह सिखाती है कि मोहिनी शक्तियों को साध कर ही आत्म-ज्ञान की प्राप्ति हो सकती है।

लीलावती अप्सरा

उत्पत्ति और विशेषताएँ: लीलावती अपनी क्रीड़ा और सौंदर्य के लिए प्रसिद्ध हैं। वह स्वर्ग में अपनी खेल-भावना और प्रसन्नता से सभी को खुश कर देती हैं।

साधकों को आशीर्वाद: लीलावती साधकों को आनंद और खुशी का आशीर्वाद देती हैं। उनकी उपस्थिति से साधक अपने जीवन में प्रसन्नता और संतोष का अनुभव कर पाते हैं।

इन्द्राणी अप्सरा

उत्पत्ति और विशेषताएँ: इन्द्राणी का संबंध इंद्र से है। उनका सौंदर्य और आकर्षण स्वर्ग की शोभा बढ़ाते हैं।

साधकों को आशीर्वाद: इन्द्राणी साधकों को शक्ति और साहस का आशीर्वाद देती हैं। उनकी उपस्थिति से साधक अपने जीवन में आत्मविश्वास और साहस का अनुभव करते हैं।

अमृता अप्सरा

उत्पत्ति और विशेषताएँ: अमृता का नाम अमृत के समान अमरता का प्रतीक है। उनका सौंदर्य और आभा अमरता की छवि देती है।

साधकों को आशीर्वाद: अमृता साधकों को आत्मा की अमरता और शाश्वतता का अनुभव कराती हैं। उनके आशीर्वाद से साधक आत्मा की अमरता का ज्ञान प्राप्त कर सकते हैं।

रंजना अप्सरा

उत्पत्ति और विशेषताएँ: रंजना अपनी सुंदरता और मोहकता से सभी को आनंदित कर देती हैं। उनका नाम ही आनंद और रंजकता का प्रतीक है।

साधकों को आशीर्वाद: रंजना साधकों को आनंद और आत्मा की प्रसन्नता का आशीर्वाद देती हैं। उनकी कृपा से साधक अपने जीवन में खुशियों का अनुभव कर पाते हैं।

पुष्पदेहा अप्सरा

उत्पत्ति और विशेषताएँ: पुष्पदेहा को फूलों की तरह सौम्य और सुंदर माना जाता है। उनका शरीर मानो फूलों की तरह कोमल और आकर्षक है।

साधकों को आशीर्वाद: पुष्पदेहा साधकों को आत्मा की कोमलता और सौम्यता का अनुभव कराती हैं। उनके आशीर्वाद से साधक अपनी आत्मा की कोमलता को समझते हैं।

सुगंधा अप्सरा

उत्पत्ति और विशेषताएँ: सुगंधा अपने शरीर से सुगंधित हवा का प्रवाह करती हैं। उनकी सुगंधित उपस्थिति स्वर्ग को महका देती है।

साधकों को आशीर्वाद: सुगंधा साधकों को आत्मा की सुंदरता और पवित्रता का आशीर्वाद देती हैं। उनके आशीर्वाद से साधक आत्मा की आभा और उसकी सुंदरता को अनुभव कर पाते हैं।

स्वर्णदेहा अप्सरा

उत्पत्ति और विशेषताएँ: स्वर्णदेहा का नाम उनके सुनहरे शरीर के कारण पड़ा। उनका रूप ऐसा है जैसे उनके शरीर पर स्वर्ण की चमक हो। उनकी उपस्थिति से स्वर्ग का हर कोना आलोकित हो जाता है।

साधकों को आशीर्वाद: स्वर्णदेहा साधकों को आंतरिक प्रकाश और ऊर्जावान आत्मा का अनुभव कराती हैं। उनकी कृपा से साधक अपने जीवन में सकारात्मक ऊर्जा और आत्मविश्वास का विकास करते हैं।

सौरभिनी अप्सरा

उत्पत्ति और विशेषताएँ: सौरभिनी की विशेषता यह है कि उनका शरीर हमेशा मनमोहक सुगंध से भरपूर होता है। उनकी उपस्थिति से वातावरण सुगंधित हो जाता है, जिससे देवता और साधक दोनों ही आनंदित होते हैं।

साधकों को आशीर्वाद: सौरभिनी साधकों को आंतरिक पवित्रता और शांति का आशीर्वाद देती हैं। उनकी कृपा से साधक आत्मा की शुद्धता को अनुभव कर पाते हैं, जो हर तरह की नकारात्मकता से दूर रखती है।

कलावती अप्सरा

उत्पत्ति और विशेषताएँ: कलावती अपनी कला में निपुण हैं। उनका नृत्य और संगीत स्वर्ग की शोभा बढ़ाते हैं। वह देवताओं की सभा में अपनी कला से सभी को मोहित करती हैं।

साधकों को आशीर्वाद: कलावती साधकों को कला, सौंदर्य, और सृजन का आशीर्वाद देती हैं। उनकी कृपा से साधक अपने जीवन में सौंदर्य और रचनात्मकता को अपना सकते हैं, जिससे उनका व्यक्तित्व और आत्मा सुंदर बनती है।

मनोहरा अप्सरा

उत्पत्ति और विशेषताएँ: मनोहरा का नाम उनके मनमोहक सौंदर्य के कारण पड़ा। वह इतनी मोहक हैं कि उनकी उपस्थिति में सबकुछ आनंद और शांति से भर जाता है। उनका रूप और उनकी चाल आकर्षण का प्रतीक है।

साधकों को आशीर्वाद: मनोहरा साधकों को आत्मा की सुंदरता और मोहकता का आशीर्वाद देती हैं। उनकी कृपा से साधक अपनी आत्मा को साफ, सुंदर और संतुलित रख सकते हैं।

अलंकृत अप्सरा

उत्पत्ति और विशेषताएँ: अलंकृत का नाम उनके भव्य आभूषणों और अलंकरणों के कारण पड़ा। वह सुंदर आभूषणों से सजी होती हैं और उनके हर अलंकरण में सौंदर्य और आकर्षण छिपा होता है।

साधकों को आशीर्वाद: अलंकृत साधकों को आंतरिक सौंदर्य और आत्मा की सजावट का आशीर्वाद देती हैं। उनकी कृपा से साधक आत्म-संवर्धन के महत्व को समझते हैं और अपनी आत्मा को सजाना सीखते हैं।

मोहिनी अप्सरा

उत्पत्ति और विशेषताएँ: मोहिनी को उनकी अद्वितीय मोहिनी शक्ति के लिए जाना जाता है। उनके सौंदर्य में सम्मोहन की शक्ति होती है, जिससे वह किसी को भी अपने वश में कर सकती हैं।

साधकों को आशीर्वाद: मोहिनी साधकों को आत्म-संयम और मोह को पार करने का आशीर्वाद देती हैं। उनकी उपस्थिति साधकों को सिखाती है कि मोह और माया के जाल से बाहर आना आत्म-ज्ञान के लिए कितना महत्वपूर्ण है।

कंचनप्रभा अप्सरा

उत्पत्ति और विशेषताएँ: कंचनप्रभा का सौंदर्य सोने की आभा से प्रकाशित है। उनका रूप मानो सूर्य की किरणों से सजीव हो गया हो, जिससे उनका सौंदर्य और भी दिव्य प्रतीत होता है।

साधकों को आशीर्वाद: कंचनप्रभा साधकों को आंतरिक प्रकाश और आत्मिक विकास का आशीर्वाद देती हैं। उनकी कृपा से साधक अपने अंदर की उज्ज्वलता को पहचानते हैं और जीवन में सकारात्मकता का विकास करते हैं।

पद्मिनी अप्सरा

उत्पत्ति और विशेषताएँ: पद्मिनी का नाम कमल के समान शीतल और सौम्य व्यक्तित्व के कारण पड़ा। उनकी आँखें और चाल कमल के फूल की तरह शांत और सौम्यता से भरी होती हैं।

साधकों को आशीर्वाद: पद्मिनी साधकों को धैर्य, संतोष और शांति का आशीर्वाद देती हैं। उनकी उपस्थिति से साधक जीवन में संतुलन और आत्म-संयम का अनुभव करते हैं।

रूपश्री अप्सरा

उत्पत्ति और विशेषताएँ: रूपश्री अपने अद्वितीय रूप और भव्यता के कारण प्रसिद्ध हैं। उनका सौंदर्य ऐसा है कि उनके दर्शन से हर कोई आनंदित हो जाता है।

साधकों को आशीर्वाद: रूपश्री साधकों को आंतरिक सौंदर्य का महत्व समझाती हैं। उनकी कृपा से साधक अपने मन और आत्मा को सुंदर और शांतिपूर्ण बना पाते हैं।

स्वर्णलता अप्सरा

उत्पत्ति और विशेषताएँ: स्वर्णलता का नाम उनके सुनहरे शरीर और उनकी लता जैसी आकर्षक चाल के कारण पड़ा। वह स्वर्ग की सबसे चमकदार अप्सराओं में से एक मानी जाती हैं।

साधकों को आशीर्वाद: स्वर्णलता साधकों को आत्म-प्रकाश और उत्साह का आशीर्वाद देती हैं। उनकी कृपा से साधक अपने जीवन में ऊर्जावान और प्रखर महसूस करते हैं।

रत्नमाला अप्सरा

उत्पत्ति और विशेषताएँ: रत्नमाला का नाम उनके अलंकरणों से निकला है, जो अद्भुत रत्नों से सजी हुई होती हैं। उनके शरीर की आभा उनके आभूषणों की तरह ही दमकती है, जो स्वर्ग को दिव्यता से भर देती है।

साधकों को आशीर्वाद: रत्नमाला साधकों को आत्मा की सजीवता का आशीर्वाद देती हैं। उनकी कृपा से साधक अपने जीवन में आंतरिक मूल्य और आत्मा की आभा का अनुभव कर सकते हैं।

लीलावती अप्सरा

उत्पत्ति और विशेषताएँ: लीलावती को उनके क्रीड़ा भाव और सौम्यता के लिए जाना जाता है। वह स्वर्ग में अपनी चपलता और प्रसन्नता के लिए प्रसिद्ध हैं, जिससे स्वर्ग का वातावरण हर्ष और उल्लास से भर जाता है।

साधकों को आशीर्वाद: लीलावती साधकों को आनंद और प्रसन्नता का आशीर्वाद देती हैं। उनकी कृपा से साधक अपने जीवन में उत्साह और सजीवता का संचार कर पाते हैं।

यक्षिणी अप्सरा

उत्पत्ति और विशेषताएँ: यक्षिणी अप्सराएँ अपने रहस्यमयी स्वभाव और आकर्षण के लिए प्रसिद्ध हैं। वे रहस्यमयी शक्तियों की प्रतीक हैं और विभिन्न रूपों में प्रकट होती हैं।

साधकों को आशीर्वाद: यक्षिणी साधकों को रहस्य, ज्ञान और आत्म-संयम का आशीर्वाद देती हैं। उनकी उपस्थिति साधकों को आत्म-ज्ञान और आध्यात्मिकता में गहरे उतरने की प्रेरणा देती है।

तिलोत्तमा अप्सरा

उत्पत्ति और विशेषताएँ: तिलोत्तमा को देवताओं ने विशेष रूप से अपनी श्रेष्ठता को दर्शने के लिए बनाया। उनका सौंदर्य इतना अद्वितीय था कि उन्होंने सुंड और उपसुंड जैसे असुरों का नाश किया।

साधकों को आशीर्वाद: तिलोत्तमा साधकों को आत्म-बल और साहस का आशीर्वाद देती हैं। उनकी कृपा से साधक अपने अंदर की नकारात्मकताओं को दूर कर आत्मा में सौंदर्य और शक्ति का अनुभव कर सकते हैं।

दिव्यांगा अप्सरा

उत्पत्ति और विशेषताएँ: दिव्यांगा का नाम उनके दिव्य रूप और आकर्षण से है। उनके शरीर की दिव्यता और आभा से स्वर्ग में शांति का अनुभव होता है।

साधकों को आशीर्वाद: दिव्यांगा साधकों को आंतरिक दिव्यता और शांति का आशीर्वाद देती हैं। उनकी कृपा से साधक अपनी आत्मा की शांति और संतुलन को अनुभव करते हैं।

पुष्पदेहा अप्सरा

उत्पत्ति और विशेषताएँ: पुष्पदेहा अपने फूलों की तरह कोमल और सौम्यता से भरे स्वरूप के लिए प्रसिद्ध हैं। उनका शरीर मानो फूलों की सुगंध से परिपूर्ण होता है।

साधकों को आशीर्वाद: पुष्पदेहा साधकों को आत्मा की कोमलता और आंतरिक शांति का आशीर्वाद देती हैं। उनकी कृपा से साधक अपनी आत्मा को सहज और शांत रख सकते हैं।

आलम्बुषा अप्सरा

उत्पत्ति और विशेषताएँ: आलम्बुषा को मोहिनी शक्ति और रहस्यमयी सौंदर्य के लिए जाना जाता है। उनके रूप और आभा से साधक को मोह की परीक्षा का अनुभव होता है।

साधकों को आशीर्वाद: आलम्बुषा साधकों को आत्म-नियंत्रण और संयम का आशीर्वाद देती हैं। उनकी कृपा से साधक मोह और माया को पार कर सकते हैं।

अंबिका अप्सरा

उत्पत्ति और विशेषताएँ: अंबिका का स्वरूप मातृत्व और करुणा का प्रतीक है। वह स्वर्ग में प्रेम और करुणा का संचार करती हैं।

साधकों को आशीर्वाद: अंबिका साधकों को करुणा और प्रेम का आशीर्वाद देती हैं। उनकी कृपा से साधक अपने जीवन में करुणा और दया का अनुभव कर सकते हैं।

अनवद्या अप्सरा

उत्पत्ति और विशेषताएँ: अनवद्या का नाम उनके निर्दोष और शुद्ध सौंदर्य के कारण प्रसिद्ध है। वह अप्सराओं में सबसे पवित्र मानी जाती हैं।

साधकों को आशीर्वाद: अनवद्या साधकों को पवित्रता और आत्म-संयम का आशीर्वाद देती हैं। उनकी कृपा से साधक अपने मन और आत्मा को शुद्ध रख सकते हैं।

अनुचना अप्सरा

उत्पत्ति और विशेषताएँ: अनुचना का सौंदर्य और सौम्यता उनकी प्रमुख विशेषता है। उनका स्वभाव सरल और शांतिपूर्ण है।

साधकों को आशीर्वाद: अनुचना साधकों को सरलता और धैर्य का आशीर्वाद देती हैं। उनकी कृपा से साधक जीवन में संयम और शांति का अनुभव करते हैं।

अरुणा अप्सरा

उत्पत्ति और विशेषताएँ: अरुणा का नाम उनके सूर्य की पहली किरण की तरह प्रकाशमान सौंदर्य से प्रसिद्ध है।

साधकों को आशीर्वाद: अरुणा साधकों को ऊर्जा और जागरूकता का आशीर्वाद देती हैं। उनकी कृपा से साधक आत्मिक ऊर्जा को समझते और विकसित करते हैं।

असिता अप्सरा

उत्पत्ति और विशेषताएँ: असिता का नाम उनके गहरे सौंदर्य और आभा के कारण है। उनका सौंदर्य शांति और शक्ति का प्रतीक है।

साधकों को आशीर्वाद: असिता साधकों को आत्मिक स्थिरता और शक्ति का आशीर्वाद देती हैं। उनकी कृपा से साधक अपने मन को स्थिर और संतुलित रख पाते हैं।

चंद्रज्योत्सना अप्सरा

उत्पत्ति और विशेषताएँ: चंद्रज्योत्सना का सौंदर्य चंद्रमा की रोशनी से है। उनका सौंदर्य और शांति किसी को भी आकर्षित कर लेता है।

साधकों को आशीर्वाद: चंद्रज्योत्सना साधकों को शांति और आत्म-प्रकाश का आशीर्वाद देती हैं। उनकी कृपा से साधक अपने जीवन में शांति और संतुलन को अनुभव करते हैं।

घृताची अप्सरा

उत्पत्ति और विशेषताएँ: घृताची को उनके कोमलता और सौंदर्य के लिए जाना जाता है। उनके रूप में गहराई और सौम्यता है।

साधकों को आशीर्वाद: घृताची साधकों को कोमलता और संतोष का आशीर्वाद देती हैं। उनकी कृपा से साधक अपने जीवन में धैर्य और शांति का विकास करते हैं।

गुणवख्या अप्सरा

उत्पत्ति और विशेषताएँ: गुणवख्या का नाम उनके असाधारण गुणों के कारण प्रसिद्ध है। वह स्वर्ग में उच्चतम गुणों का प्रतीक मानी जाती हैं।

साधकों को आशीर्वाद: गुणवख्या साधकों को सद्गुण और श्रेष्ठता का आशीर्वाद देती हैं। उनकी कृपा से साधक अपने जीवन में अच्छे आचरण और उच्च आदर्शों का पालन कर पाते हैं।

गुणवरा अप्सरा

उत्पत्ति और विशेषताएँ: गुणवरा का नाम भी उनके गुणों के कारण प्रसिद्ध है। वह स्वर्ग में सौंदर्य और गुणों का अद्भुत संगम मानी जाती हैं।

साधकों को आशीर्वाद: गुणवरा साधकों को अच्छाई, सादगी और करुणा का आशीर्वाद देती हैं। उनकी कृपा से साधक जीवन में आत्मा की पवित्रता और आदर्शों का पालन कर पाते हैं।

हर्षा अप्सरा

उत्पत्ति और विशेषताएँ: हर्षा का नाम उनके उल्लास और प्रसन्नता के लिए प्रसिद्ध है। वह हर परिस्थिति में आनंद का संचार करती हैं।

साधकों को आशीर्वाद: हर्षा साधकों को प्रसन्नता और उत्साह का आशीर्वाद देती हैं। उनकी कृपा से साधक अपने जीवन में सकारात्मकता और संतोष का अनुभव कर पाते हैं।

इंद्रलक्ष्मी अप्सरा

उत्पत्ति और विशेषताएँ: इंद्रलक्ष्मी का संबंध इंद्र की विशेष अप्सरा के रूप में है। उनका सौंदर्य और गरिमा अपार है, और उनकी उपस्थिति से स्वर्ग का वैभव बढ़ता है।

साधकों को आशीर्वाद: इंद्रलक्ष्मी साधकों को ऐश्वर्य, वैभव और संतुलन का आशीर्वाद देती हैं। उनकी कृपा से साधक अपने जीवन में आत्मिक और भौतिक समृद्धि का अनुभव करते हैं।

काम्या अप्सरा

उत्पत्ति और विशेषताएँ: काम्या का नाम उनकी आकर्षण और इच्छाओं को पूरा करने की शक्ति के कारण प्रसिद्ध है।

साधकों को आशीर्वाद: काम्या साधकों को आत्म-संयम और इच्छाओं पर नियंत्रण का आशीर्वाद देती हैं। उनकी कृपा से साधक अपने मन को संतुलित और नियंत्रित कर सकते हैं।

कर्णिका अप्सरा

उत्पत्ति और विशेषताएँ: कर्णिका का सौंदर्य उनके कानों में झूलते आभूषणों के कारण प्रसिद्ध है। उनकी उपस्थिति आकर्षण का प्रतीक मानी जाती है।

साधकों को आशीर्वाद: कर्णिका साधकों को सौंदर्य और सजगता का आशीर्वाद देती हैं। उनकी कृपा से साधक आत्मा की सजगता को पहचान सकते हैं।

केशिनी अप्सरा

उत्पत्ति और विशेषताएँ: केशिनी का नाम उनके घने और सुन्दर बालों के कारण पड़ा। उनका सौंदर्य और आकर्षण उनके बालों से झलकता है।

साधकों को आशीर्वाद: केशिनी साधकों को आंतरिक और बाहरी सौंदर्य का आशीर्वाद देती हैं। उनकी कृपा से साधक अपने आत्मा की सुंदरता को समझ सकते हैं।

क्षेमा अप्सरा

उत्पत्ति और विशेषताएँ: क्षेमा का नाम उनकी सुरक्षा और शांति की भावना से जुड़ा है। वह स्वर्ग में संतुलन और संरक्षा का प्रतीक मानी जाती हैं।

साधकों को आशीर्वाद: क्षेमा साधकों को शांति और संरक्षा का आशीर्वाद देती हैं। उनकी कृपा से साधक अपने जीवन में शांति और संतोष का अनुभव कर सकते हैं।

लता अप्सरा

उत्पत्ति और विशेषताएँ: लता का नाम उनकी कोमलता और लचीलापन के कारण प्रसिद्ध है। उनका स्वभाव और व्यक्तित्व कोमलता का प्रतीक है।

साधकों को आशीर्वाद: लता साधकों को कोमलता और धैर्य का आशीर्वाद देती हैं। उनकी कृपा से साधक जीवन की कठिनाइयों में भी लचीलापन और संतुलन बनाए रख सकते हैं।

लक्ष्मणा अप्सरा

उत्पत्ति और विशेषताएँ: लक्ष्मणा अपने सौंदर्य और आभा के कारण प्रसिद्ध हैं। उनकी उपस्थिति से स्वर्ग का वातावरण और भी मोहक हो जाता है।

साधकों को आशीर्वाद: लक्ष्मणा साधकों को आंतरिक संतुलन और आत्मिक प्रकाश का आशीर्वाद देती हैं।

मनोरमा अप्सरा

उत्पत्ति और विशेषताएँ: मनोरमा का नाम उनके मनोहारी रूप के कारण पड़ा। उनका रूप और व्यक्तित्व आनंद और आकर्षण का प्रतीक है।

साधकों को आशीर्वाद: मनोरमा साधकों को आत्मा की आंतरिक सुंदरता का आशीर्वाद देती हैं। उनकी कृपा से साधक अपने जीवन में आनंद और शांति का अनुभव कर सकते हैं।

मरीची अप्सरा

उत्पत्ति और विशेषताएँ: मरीची का संबंध प्रकाश और ऊर्जा से है। उनका सौंदर्य दिव्य प्रकाश से भरा हुआ है।

साधकों को आशीर्वाद: मरीची साधकों को आत्म-प्रकाश और ऊर्जा का आशीर्वाद देती हैं। उनकी कृपा से साधक अपने अंदर छुपी शक्ति को पहचान सकते हैं।

मिश्रस्थला अप्सरा

उत्पत्ति और विशेषताएँ: मिश्रस्थला को उनकी मिश्रित शक्ति और आभा के लिए जाना जाता है। वह स्वर्ग में विशेष संतुलन का प्रतीक हैं।

साधकों को आशीर्वाद: मिश्रस्थला साधकों को संतुलन और धैर्य का आशीर्वाद देती हैं। उनकी कृपा से साधक अपने जीवन में संयम और संतुलन बनाए रख सकते हैं।

मृगाक्षी अप्सरा

उत्पत्ति और विशेषताएँ: मृगाक्षी का नाम उनके हिरणी जैसी आँखों के कारण पड़ा। उनकी आँखें शांति और सौंदर्य का प्रतीक हैं।

साधकों को आशीर्वाद: मृगाक्षी साधकों को करुणा और कोमलता का आशीर्वाद देती हैं। उनकी कृपा से साधक अपने जीवन में दया और संतोष को अपनाते हैं।

नभिदर्शन अप्सरा

उत्पत्ति और विशेषताएँ: नभिदर्शन का सौंदर्य आकाश की गहराइयों जैसा है। उनका रूप और व्यक्तित्व ब्रह्मांड की विशालता का प्रतीक है।

साधकों को आशीर्वाद: नभिदर्शन साधकों को आत्मा की विशालता का आशीर्वाद देती हैं।

पूर्वचित्ती अप्सरा

उत्पत्ति और विशेषताएँ: पूर्वचित्ती का सौंदर्य और व्यक्तित्व सहज आकर्षण से भरा है। उनकी उपस्थिति में सहजता और सौम्यता का समावेश है, जिससे वह किसी का भी ध्यान अपनी ओर खींच लेती हैं।

साधकों को आशीर्वाद: पूर्वचित्ती साधकों को सहजता और आत्म-स्वीकृति का आशीर्वाद देती हैं। उनकी कृपा से साधक अपने आत्म-स्वरूप को बिना किसी संघर्ष के स्वीकार करने की शक्ति पाते हैं।

रक्षिता अप्सरा

उत्पत्ति और विशेषताएँ: रक्षिता का नाम उनके सुरक्षा के गुण के कारण प्रसिद्ध है। वह स्वर्ग में संरक्षक अप्सरा के रूप में जानी जाती हैं और देवताओं को सुरक्षा प्रदान करती हैं।

साधकों को आशीर्वाद: रक्षिता साधकों को आत्म-संरक्षण और धैर्य का आशीर्वाद देती हैं। उनकी कृपा से साधक अपने मन की रक्षा कर पाते हैं और आत्मिक संतुलन बनाए रख सकते हैं।

रम्भा अप्सरा

उत्पत्ति और विशेषताएँ: रम्भा का निर्माण इंद्र के दरबार में सौंदर्य, नृत्य और संगीत के माध्यम से आनंद का संचार करने के लिए हुआ था। उनका सौंदर्य और मोहकता अत्यधिक प्रसिद्ध है, और वह कई साधकों की तपस्या की परीक्षा लेने के लिए जानी जाती हैं।

साधकों को आशीर्वाद: रम्भा साधकों को आत्म-संयम और मोह पर विजय पाने का आशीर्वाद देती हैं। उनकी कृपा से साधक अपनी इच्छाओं पर काबू पाकर आत्मिक बल प्राप्त कर सकते हैं।

ऋतुषाला अप्सरा

उत्पत्ति और विशेषताएँ: ऋतुषाला का नाम ऋतुओं और समय के प्रवाह को नियंत्रित करने के गुण के कारण पड़ा। उनकी उपस्थिति स्वर्ग में मौसमी बदलावों का प्रतीक है।

साधकों को आशीर्वाद: ऋतुषाला साधकों को समय के साथ चलने और परिवर्तन को स्वीकारने का आशीर्वाद देती हैं। उनकी कृपा से साधक अपने जीवन में बदलाव को सहजता से अपना सकते हैं।

सहजंया अप्सरा

उत्पत्ति और विशेषताएँ: सहजंया अपनी सहजता और सरलता के लिए प्रसिद्ध हैं। उनका व्यक्तित्व कोमल और विनम्रता से भरपूर है।

साधकों को आशीर्वाद: सहजंया साधकों को सरलता और सादगी का आशीर्वाद देती हैं। उनकी कृपा से साधक अपने जीवन में अनावश्यक उलझनों को त्यागकर शांति का अनुभव कर सकते हैं।

समीची अप्सरा

उत्पत्ति और विशेषताएँ: समीची का नाम उनके मनोहर रूप और संतुलित व्यक्तित्व के कारण प्रसिद्ध है। वह स्वर्ग में सौंदर्य और संतुलन का प्रतीक मानी जाती हैं।

साधकों को आशीर्वाद: समीची साधकों को संतुलन और संयम का आशीर्वाद देती हैं। उनकी कृपा से साधक अपने जीवन में हर स्थिति में संतुलन बनाए रख सकते हैं।

सौबेंधी अप्सरा

उत्पत्ति और विशेषताएँ: सौबेंधी का नाम उनकी विशिष्ट आवाज़ और मधुर स्वर के कारण पड़ा। उनकी आवाज़ में ऐसी मिठास है, जो सभी को आकर्षित कर लेती है।

साधकों को आशीर्वाद: सौबेंधी साधकों को आंतरिक शांति और मधुरता का आशीर्वाद देती हैं। उनकी कृपा से साधक अपने वचनों में मधुरता और संयम को बनाए रख सकते हैं।

शरद्वती अप्सरा

उत्पत्ति और विशेषताएँ: शरद्वती का संबंध शरद ऋतु से है। उनके व्यक्तित्व में शरद की ठंडक और सुंदरता का प्रभाव झलकता है।

साधकों को आशीर्वाद: शरद्वती साधकों को शांति और संतोष का आशीर्वाद देती हैं। उनकी कृपा से साधक अपने जीवन में आत्मिक शांति को अनुभव कर सकते हैं।

शुचिका अप्सरा

उत्पत्ति और विशेषताएँ: शुचिका का नाम उनकी पवित्रता और शुद्धता के कारण प्रसिद्ध है। उनकी उपस्थिति में शुद्धता का भाव हर जगह फैल जाता है।

साधकों को आशीर्वाद: शुचिका साधकों को पवित्रता और संयम का आशीर्वाद देती हैं। उनकी कृपा से साधक अपने मन और आत्मा को शुद्ध रख सकते हैं।

सुवाहू अप्सरा

उत्पत्ति और विशेषताएँ: सुवाहू का नाम उनके सशक्त व्यक्तित्व और धैर्य से जुड़ा है। वह अपनी मजबूत इच्छाशक्ति के लिए जानी जाती हैं।

साधकों को आशीर्वाद: सुवाहू साधकों को आत्म-शक्ति और साहस का आशीर्वाद देती हैं। उनकी कृपा से साधक अपने संकल्प में दृढ़ता और आत्म-विश्वास को प्राप्त कर सकते हैं।

सुगंधा अप्सरा

उत्पत्ति और विशेषताएँ: सुगंधा अपने सुगंधित शरीर और आकर्षक व्यक्तित्व के लिए जानी जाती हैं। उनकी उपस्थिति से वातावरण में सुगंध और पवित्रता का अनुभव होता है।

साधकों को आशीर्वाद: सुगंधा साधकों को शुद्धता और पवित्रता का आशीर्वाद देती हैं। उनकी कृपा से साधक आत्मिक शांति और निर्मलता को प्राप्त करते हैं।

सुप्रिया अप्सरा

उत्पत्ति और विशेषताएँ: सुप्रिया का नाम उनकी करुणा और सौम्यता के कारण प्रसिद्ध है। उनका व्यक्तित्व प्रेम और दया से भरा हुआ है।

साधकों को आशीर्वाद: सुप्रिया साधकों को प्रेम और करुणा का आशीर्वाद देती हैं। उनकी कृपा से साधक अपने जीवन में दूसरों के प्रति सहानुभूति और करुणा का भाव रखते हैं।

सुरजा अप्सरा

उत्पत्ति और विशेषताएँ: सुरजा का नाम उनके दिव्य प्रकाश और उज्ज्वलता के कारण प्रसिद्ध है। उनकी उपस्थिति से वातावरण में उजाला फैल जाता है।

साधकों को आशीर्वाद: सुरजा साधकों को आंतरिक प्रकाश और जागरूकता का आशीर्वाद देती हैं। उनकी कृपा से साधक आत्म-ज्ञान की दिशा में बढ़ सकते हैं।

सुरसा अप्सरा

उत्पत्ति और विशेषताएँ: सुरसा का नाम उनके आकर्षण और रहस्यात्मक व्यक्तित्व के कारण प्रसिद्ध है। वह स्वर्ग में रहस्यमय सौंदर्य का प्रतीक मानी जाती हैं।

साधकों को आशीर्वाद: सुरसा साधकों को आत्मिक जागरूकता और आत्म-संयम का आशीर्वाद देती हैं। उनकी कृपा से साधक अपने अंतर्मन को समझ सकते हैं।

सुरता अप्सरा

उत्पत्ति और विशेषताएँ: सुरता का व्यक्तित्व सुंदरता और आकर्षण का प्रतीक है। उनकी उपस्थिति में सौंदर्य और सहजता का अनुभव होता है।

साधकों को आशीर्वाद: सुरता साधकों को आंतरिक संतुलन और आत्म-प्रेम का आशीर्वाद देती हैं। उनकी कृपा से साधक आत्मा की सुंदरता को समझते हैं।

उर्मलोचा अप्सरा

उत्पत्ति और विशेषताएँ: उर्मलोचा का नाम उनके जल की लहरों जैसी चाल के कारण प्रसिद्ध है। उनकी उपस्थिति में एक शांत और ठंडक का भाव होता है।

साधकों को आशीर्वाद: उर्मलोचा साधकों को धैर्य और आत्म-संयम का आशीर्वाद देती हैं। उनकी कृपा से साधक जीवन की कठिनाइयों में भी शांत और संतुलित रह सकते हैं।

उर्वशी अप्सरा

उत्पत्ति और विशेषताएँ: उर्वशी अपनी मोहकता और प्रेम की देवी के रूप में प्रसिद्ध हैं। उनकी कथा राजा पुरुरवा के साथ प्रेम की एक अद्वितीय गाथा है।

साधकों को आशीर्वाद: उर्वशी साधकों को आत्म-प्रेम और आत्मिक सुंदरता का आशीर्वाद देती हैं। उनकी कृपा से साधक प्रेम और समर्पण का सही अर्थ समझते हैं।

वर्गा अप्सरा

उत्पत्ति और विशेषताएँ: वर्गा का व्यक्तित्व साहस और शक्ति का प्रतीक है। वह स्वर्ग में विशेष प्रभावशाली मानी जाती हैं।

साधकों को आशीर्वाद: वर्गा साधकों को आत्मिक शक्ति और साहस का आशीर्वाद देती हैं। उनकी कृपा से साधक जीवन में आत्म-विश्वास और साहस को प्राप्त करते हैं।

विद्युत्पर्णा अप्सरा

उत्पत्ति और विशेषताएँ: विद्युत्पर्णा का नाम उनके बिजली की चमक जैसे तेज और सुंदर रूप के कारण पड़ा। उनकी उपस्थिति से वातावरण में ऊर्जा का संचार होता है।

साधकों को आशीर्वाद: विद्युत्पर्णा साधकों को ऊर्जा और आत्मिक शक्ति का आशीर्वाद देती हैं। उनकी कृपा से साधक अपनी ऊर्जा का सही उपयोग कर पाते हैं।

विश्वाची अप्सरा

उत्पत्ति और विशेषताएँ: विश्वाची का सौंदर्य और आकर्षण अनोखा है। उनकी उपस्थिति से स्वर्ग का वातावरण दिव्यता से भर जाता है।

साधकों को आशीर्वाद: विश्वाची साधकों को आत्मा की गहराई और दिव्यता का आशीर्वाद देती हैं। उनकी कृपा से साधक आत्मिक प्रेम और संतोष का अनुभव करते हैं।

यह सभी अप्सराएँ अपने विशेष गुणों और आशीर्वादों से साधकों की आध्यात्मिक यात्रा में सहायक होती हैं। साधक इन अप्सराओं से आंतरिक शांति, संतुलन, प्रेम, और आत्म-ज्ञान के विभिन्न पहलुओं का अनुभव कर सकते हैं।

Part 2
Sadhna

17. अप्सरा साधना का परिचय

अप्सरा साधना भारतीय अध्यात्म और रहस्यवाद की एक प्राचीन साधना है, जो भारतीय संस्कृति में विशेष स्थान रखती है। भारतीय पौराणिक कथाओं में *अप्सराओं* का उल्लेख होता है, जो सुंदर, दिव्य और शक्तिशाली नारी शक्ति के प्रतीक मानी जाती हैं। ये देवताओं के लोक से जुड़ी हैं और अपने रूप, कला, और आध्यात्मिक शक्तियों के लिए जानी जाती हैं। इनकी कहानियाँ प्राचीन ग्रंथों, जैसे वेदों, पुराणों और महाकाव्यों में विस्तृत रूप से मिलती हैं।

अप्सराओं का पौराणिक महत्व

अप्सराएँ आमतौर पर देवताओं के लोक में वास करती हैं और स्वर्ग की सुंदरियाँ मानी जाती हैं। वे अद्वितीय सौंदर्य, कला, और संगीत की ज्ञाता होती हैं और उनके नृत्य और संगीत से स्वर्गीय वातावरण में आनंद उत्पन्न होता है। अप्सराओं का उल्लेख न केवल उनके सौंदर्य के कारण होता है, बल्कि उनके अद्वितीय गुणों के कारण भी होता है। वे असाधारण शक्तियों और रहस्यमय गुणों से संपन्न होती हैं, जिनसे वे साधकों की सहायता कर सकती हैं और उन्हें आध्यात्मिक ऊर्जा प्रदान करती हैं।

अप्सराओं के गुण और रहस्यमय शक्तियाँ

प्रत्येक अप्सरा में विशेष गुण और शक्तियाँ होती हैं जो उसे अन्य अप्सराओं से अलग बनाती हैं। जैसे कि *उर्वशी, मेणका, रंभा,* और *तिलोत्तमा* जैसी अप्सराओं का वर्णन महाकाव्यों और पुराणों में मिलता है। ये अप्सराएँ अपनी अद्भुत सुंदरता और रहस्यमय शक्तियों के कारण प्रसिद्ध हैं। माना जाता है कि अप्सराओं की कृपा प्राप्त करने से साधक को दिव्य आकर्षण, मानसिक शांति और आत्मविश्वास प्राप्त होता है। वे न केवल सौंदर्य की प्रतीक हैं, बल्कि उनमें अद्भुत आकर्षण, कला, संगीत, और आध्यात्मिक शक्तियाँ भी होती हैं, जो साधकों को लाभ पहुँचा सकती हैं।

अप्सरा साधना का उद्देश्य और महत्त्व

अप्सरा साधना का प्रमुख उद्देश्य इन दिव्य शक्तियों से आशीर्वाद प्राप्त करना और जीवन में सकारात्मक बदलाव लाना है। इसे करने से व्यक्ति में आकर्षण, सौंदर्य, आत्मविश्वास और मानसिक शांति का विकास होता है। इस साधना का उद्देश्य केवल भौतिक लाभ प्राप्त करना नहीं है, बल्कि साधक को आंतरिक शांति, संतुलन, और आध्यात्मिक उन्नति की ओर भी प्रेरित करना है। अप्सरा साधना के माध्यम से साधक अपने जीवन में आनंद, सौंदर्य और आत्मविश्वास का अनुभव कर सकता है।

18. अप्सरा साधना का महत्व

भारतीय आध्यात्मिक परंपरा में *साधना* शब्द का विशेष महत्व है। साधना का शाब्दिक अर्थ होता है - किसी विशेष उद्देश्य की प्राप्ति के लिए की जाने वाली नियमित, निष्ठापूर्ण और संकल्पबद्ध साधना। साधना के माध्यम से साधक अपने मन, आत्मा, और शरीर को एकाग्र कर उस लक्ष्य की प्राप्ति करता है, जो साधारण प्रयासों से नहीं हो सकता।

साधना का अर्थ और महत्त्व

साधना केवल एक आध्यात्मिक क्रिया ही नहीं, बल्कि एक गहन मानसिक और आत्मिक अभ्यास है। यह साधक को उसकी सीमाओं से परे जाने का अवसर देती है और उसे एक उच्चतर आध्यात्मिक अनुभव की ओर ले जाती है। साधना में न केवल आत्म-नियंत्रण और अनुशासन आवश्यक होते हैं, बल्कि इसके लिए संकल्प, श्रद्धा और संयम की भी आवश्यकता होती है। साधना के माध्यम से साधक नकारात्मक विचारों और अस्थिरता से ऊपर उठकर शांति और संतुलन प्राप्त करता है।

अप्सरा साधना का उद्देश्य

अप्सरा साधना का उद्देश्य साधक को अप्सराओं की दिव्य शक्तियों और आशीर्वादों को प्राप्त करने में सहायता करना है। यह साधना न केवल साधक को भौतिक सुख-सुविधाओं की प्राप्ति में सहायक होती है, बल्कि उसे आंतरिक शांति, आत्म-विश्वास और जीवन में संतुलन प्राप्त करने में भी मदद करती है। अप्सरा साधना का अभ्यास साधक को सुंदरता, आकर्षण और मानसिक शांति का अनुभव देता है, जो उसे उसके व्यक्तिगत और सामाजिक जीवन में भी उन्नति प्रदान करता है।

अप्सरा साधना के प्रमुख उद्देश्यों में निम्नलिखित शामिल हैं:

- **आकर्षण और सौंदर्य**: अप्सरा साधना से साधक में दिव्य आकर्षण और सौंदर्य का विकास होता है। इसके माध्यम से साधक का आत्म-विश्वास बढ़ता है और वह अपने चारों ओर एक सकारात्मक आभा महसूस करता है।

- **कलात्मक और सृजनात्मक विकास**: अप्सराएँ कला, संगीत और नृत्य की प्रतीक मानी जाती हैं। उनकी साधना करने से साधक की सृजनात्मक और कलात्मक प्रतिभा में वृद्धि होती है, जिससे वह कला, संगीत या साहित्य में उच्चतर स्तर प्राप्त कर सकता है।

- **आध्यात्मिक उन्नति**: अप्सरा साधना न केवल भौतिक लाभों के लिए की जाती है, बल्कि इसका उद्देश्य साधक की आध्यात्मिक उन्नति भी होता है। इस साधना के द्वारा साधक अपनी आत्मा के उच्चतर स्तर तक पहुँचने में सक्षम होता है।

- **मानसिक शांति और आत्म-संयम**: साधना के नियमित अभ्यास से साधक मानसिक रूप से शांत और स्थिर हो जाता है। यह साधक को अपनी भावनाओं और विचारों पर नियंत्रण रखने में सहायता करती है।

अप्सरा साधना के संभावित लाभ

अप्सरा साधना का अभ्यास साधक को कई प्रकार के लाभ प्रदान करता है, जैसे:

1. **शारीरिक आकर्षण और ऊर्जा में वृद्धि**: अप्सरा साधना से साधक का शारीरिक आकर्षण और आभा बढ़ती है, जिससे उसके व्यक्तित्व में चार चाँद लग जाते हैं।

2. **आध्यात्मिक जागरूकता**: साधना के माध्यम से साधक की आध्यात्मिक चेतना जागृत होती है, जिससे वह जीवन की गहरी समझ प्राप्त करता है।

3. **सकारात्मकता और आत्म-विश्वास**: इस साधना का अभ्यास व्यक्ति को सकारात्मक दृष्टिकोण और आत्म-विश्वास से भर देता है।

4. **रचनात्मकता और प्रेरणा**: अप्सरा साधना से साधक की रचनात्मकता और प्रेरणा में वृद्धि होती है, जिससे वह कला और साहित्य में नया योगदान दे सकता है।

19. ज्ञान, सौंदर्य और आकर्षण

अप्सरा साधना का मुख्य उद्देश्य साधक को दिव्य शक्तियों, सौंदर्य, आकर्षण और आंतरिक शांति की ओर ले जाना है। अप्सराएँ केवल भौतिक सौंदर्य की प्रतीक नहीं हैं; वे उच्च ज्ञान, दिव्यता, और आंतरिक शक्ति का प्रतिनिधित्व भी करती हैं। इस साधना के माध्यम से साधक इन दिव्य गुणों को अपने जीवन में स्थापित करने का प्रयास करता है। अप्सरा साधना में ऐसे कई उद्देश्य होते हैं जो साधकों के व्यक्तिगत और आध्यात्मिक विकास में सहायक होते हैं।

1. ज्ञान और बुद्धिमत्ता की प्राप्ति

अप्सराएँ अपनी दिव्य बुद्धिमत्ता और ज्ञान के लिए प्रसिद्ध होती हैं। अप्सरा साधना का उद्देश्य साधक को उच्च ज्ञान प्राप्त करने में सहायता करना है, जिससे वह जीवन की जटिलताओं को समझ सके और सही दिशा में मार्गदर्शन प्राप्त कर सके। इस साधना के माध्यम से साधक में सूझबूझ और आत्मचेतना का विकास होता है, जिससे वह किसी भी परिस्थिति में विवेकपूर्ण निर्णय ले सकता है।

2. सौंदर्य और आकर्षण का विकास

अप्सराएँ अपने अनोखे सौंदर्य और आकर्षण के लिए पूजनीय मानी जाती हैं। अप्सरा साधना का एक महत्त्वपूर्ण उद्देश्य साधक में शारीरिक और मानसिक आकर्षण को बढ़ाना है। इस साधना के माध्यम से साधक का चेहरा और व्यक्तित्व एक अनोखी आभा से भर जाता है। यह सौंदर्य और आकर्षण केवल बाहरी नहीं होता, बल्कि साधक के अंदर से झलकता है, जिससे लोग उसकी ओर स्वाभाविक रूप से आकर्षित होते हैं।

3. आत्म-विश्वास और आत्म-प्रेरणा

अप्सरा साधना के अभ्यास से साधक का आत्म-विश्वास बढ़ता है। इस साधना के द्वारा साधक अपने भीतर की शक्तियों को पहचानता है और अपने आत्मविश्वास को एक नई

ऊँचाई तक ले जाता है। आत्म-प्रेरणा और आत्म-विश्वास का यह विकास साधक को जीवन में बड़ी चुनौतियों का सामना करने में सक्षम बनाता है।

4. आध्यात्मिक जागरूकता और उन्नति

अप्सरा साधना का एक प्रमुख उद्देश्य साधक की आध्यात्मिक उन्नति है। अप्सराएँ केवल भौतिक सुखों की प्रतीक नहीं हैं; वे उच्च आध्यात्मिक शक्तियों की ओर भी संकेत करती हैं। इस साधना से साधक अपने आध्यात्मिक ज्ञान को गहरा कर सकता है और आत्मा की उच्चतर चेतना को जागृत कर सकता है। यह साधना साधक को भीतर से शांति, संतोष, और दिव्यता का अनुभव कराती है, जो उसे मोक्ष की ओर ले जा सकती है।

5. रचनात्मकता और कला में निपुणता

अप्सराओं को कला और सृजनशीलता का प्रतीक माना जाता है। उनकी साधना करने से साधक में रचनात्मकता का विकास होता है और उसकी कला में निखार आता है। यह साधना विशेष रूप से उन लोगों के लिए लाभकारी है, जो कला, संगीत, नृत्य, या साहित्य में रुचि रखते हैं। अप्सरा साधना से साधक की सृजनशीलता और कलात्मक क्षमता में वृद्धि होती है, जिससे वह अपनी प्रतिभा को और अधिक निखार सकता है।

6. मानसिक शांति और स्थिरता

अप्सरा साधना साधक को मानसिक रूप से स्थिर और शांत बनाती है। इस साधना के माध्यम से साधक के भीतर संतुलन और शांति का संचार होता है, जिससे वह कठिन परिस्थितियों में भी धैर्यपूर्वक कार्य कर सकता है। मानसिक शांति और स्थिरता का यह लाभ साधक के जीवन को और भी समृद्ध और संतुलित बनाता है।

निष्कर्ष

अप्सरा साधना का उद्देश्य केवल भौतिक उपलब्धियों तक सीमित नहीं है; यह साधना साधक को आध्यात्मिक, मानसिक, और व्यक्तिगत विकास की दिशा में भी प्रेरित करती है। इस साधना का अभ्यास साधक को उसकी दिव्य क्षमताओं से परिचित कराता है और जीवन को सुंदर, संतुलित और ज्ञानमय बनाने में सहायक होता है।

20. अप्सराओं का जीवन पर प्रभाव

भारतीय पौराणिक मान्यताओं के अनुसार, *अप्सराओं* का साधना में विशेष स्थान है। प्रत्येक अप्सरा अपने अलग-अलग गुणों और शक्तियों के लिए जानी जाती है, जो साधक के जीवन के विभिन्न पहलुओं को प्रभावित करती हैं। अप्सराओं की कृपा प्राप्त करने से व्यक्ति में रचनात्मकता, आकर्षण, और चुंबकीय व्यक्तित्व का विकास होता है। इस अध्याय में हम यह समझेंगे कि विभिन्न अप्सराएँ किस प्रकार जीवन के अलग-अलग क्षेत्रों को प्रभावित करती हैं और उनकी कृपा से साधक को क्या लाभ प्राप्त होते हैं।

1. उर्वशी - रचनात्मकता और कलात्मकता की देवी

उर्वशी को कला, संगीत, और नृत्य की दिव्य देवी माना जाता है। भारतीय पौराणिक कथाओं में उर्वशी के सौंदर्य, नृत्यकला और गान-कला का अद्भुत वर्णन मिलता है। उर्वशी की साधना करने से साधक में रचनात्मकता और कलात्मकता का विकास होता है। संगीत, नृत्य, चित्रकला, या अन्य कलाओं में रुचि रखने वाले साधकों के लिए उर्वशी साधना अत्यंत लाभकारी मानी जाती है। उसकी कृपा से साधक की कला में नई ऊर्जा और सृजनशीलता का संचार होता है।

2. मेनका - आकर्षण और व्यक्तिगत चुंबकत्व की प्रतीक

मेनका भारतीय पौराणिक कथाओं में अत्यंत आकर्षक और मनमोहक अप्सरा के रूप में जानी जाती हैं। उनकी साधना साधक के व्यक्तिगत आकर्षण और चुंबकीय व्यक्तित्व को बढ़ाने में सहायक होती है। मेनका की कृपा से साधक में ऐसा आकर्षण उत्पन्न होता है कि लोग उसकी ओर सहज ही आकर्षित होते हैं। सामाजिक और व्यक्तिगत संबंधों में सफलता पाने के इच्छुक व्यक्तियों के लिए मेनका साधना अत्यंत प्रभावी मानी जाती है, क्योंकि यह साधक को आत्म-विश्वास और व्यक्तित्व की आभा प्रदान करती है।

3. रम्भा - मोहकता और सृजनशीलता की देवी

रम्भा को मोहकता, आनंद और रचनात्मकता की प्रतीक माना जाता है। पौराणिक कथाओं में रम्भा के सौंदर्य और उसकी मनमोहकता का वर्णन मिलता है। रम्भा साधना से साधक के भीतर अद्भुत मोहकता और सृजनशीलता का विकास होता है। उसकी कृपा से साधक में एक अद्वितीय आभा उत्पन्न होती है, जो उसे आत्म-विश्वासी बनाती है और उसके आत्म-प्रकाश को जगाती है। यह साधना उन लोगों के लिए सहायक मानी जाती है, जो अपने व्यक्तित्व में निखार लाना चाहते हैं और अपने सामाजिक और व्यक्तिगत जीवन में प्रभाव छोड़ना चाहते हैं।

4. तिलोत्तमा - शांति, स्थिरता और मानसिक सुदृढ़ता की प्रतीक

तिलोत्तमा का नाम उनकी दिव्य सुंदरता और आभा के कारण लिया जाता है। वे मानसिक शांति, स्थिरता, और गहरी आत्मिक संतुष्टि की प्रतीक मानी जाती हैं। तिलोत्तमा साधना से साधक के मन में शांति और स्थिरता का संचार होता है, जिससे वह जीवन की चुनौतियों का सामना धैर्यपूर्वक कर सकता है। तिलोत्तमा की कृपा साधक को मानसिक और भावनात्मक संतुलन देती है, जो उसे हर परिस्थिति में स्थिर और शांत बनाए रखती है।

5. अन्य अप्सराएँ और उनके प्रभाव

भारतीय पौराणिक कथाओं में अन्य कई अप्सराओं का भी वर्णन मिलता है, जैसे कि अंजलिका, सहजो, और मणिप्रिया, जो साधकों के जीवन में विभिन्न गुणों का विकास करती हैं। ये अप्सराएँ साधक को विभिन्न क्षेत्रों में उन्नति दिलाने में सहायक मानी जाती हैं। इनकी कृपा से साधक का जीवन संतुलित, प्रेरणादायी और आत्मिक शक्ति से भरा रहता है।

निष्कर्ष

प्रत्येक अप्सरा की साधना साधक के जीवन के किसी विशेष पक्ष को निखारने में सहायक होती है। उनकी कृपा से साधक में रचनात्मकता, आकर्षण, आत्म-विश्वास, मानसिक शांति, और स्थिरता का विकास होता है। इस प्रकार, अप्सरा साधना का प्रभाव साधक के संपूर्ण जीवन पर पड़ता है और उसे आत्मिक उन्नति, व्यक्तिगत आभा, और सामाजिक प्रतिष्ठा प्राप्त करने में सहायक होता है।

21. अप्सरा साधना के पूर्व तैयारी

अप्सरा साधना एक गहन और पवित्र साधना है, जो साधक से संपूर्ण समर्पण, अनुशासन और तैयारी की मांग करती है। इस साधना के लाभ प्राप्त करने के लिए साधक को मानसिक, शारीरिक और आध्यात्मिक रूप से पूरी तरह तैयार होना आवश्यक है। इन तैयारियों का उद्देश्य साधक को साधना के दौरान सकारात्मक ऊर्जा और स्थिरता प्रदान करना है, ताकि वह अप्सराओं की दिव्यता को अपने जीवन में समाहित कर सके।

मानसिक तैयारी

अप्सरा साधना के लिए सबसे महत्वपूर्ण है साधक की मानसिक तैयारी। साधना के दौरान साधक को अपनी ऊर्जा को एकाग्र करना होता है और अपने विचारों को साधना पर केंद्रित करना होता है। मानसिक तैयारी में साधक निम्नलिखित कार्य कर सकता है:

- **ध्यान और ध्यान-युक्ति**: साधक को प्रतिदिन कुछ समय ध्यान में बिताना चाहिए। इससे मन शांत और विचार स्थिर होते हैं, जो साधना में एकाग्रता बनाए रखने में सहायक होते हैं।

- **नकारात्मक विचारों से मुक्ति**: साधना में सफलता प्राप्त करने के लिए साधक को नकारात्मक विचारों से मुक्त रहना चाहिए। उसे सभी प्रकार की ईर्ष्या, क्रोध, और द्वेष को छोड़कर एक सकारात्मक दृष्टिकोण अपनाना चाहिए।

- **संकल्प और निष्ठा**: साधक को यह संकल्प लेना चाहिए कि वह पूरी निष्ठा से साधना का पालन करेगा। यह मानसिक दृढ़ता साधना के दौरान साधक को समर्पित और स्थिर बनाए रखेगी।

शारीरिक तैयारी

अप्सरा साधना के लिए शारीरिक रूप से स्वस्थ और शुद्ध होना भी महत्वपूर्ण है। इस साधना के दौरान साधक के शरीर में सकारात्मक ऊर्जा का प्रवाह आवश्यक होता है, जो

केवल एक शुद्ध और स्वस्थ शरीर में ही संभव है। इसके लिए साधक निम्नलिखित प्रयास कर सकता है:

- **योग और प्राणायाम**: योग और प्राणायाम के माध्यम से साधक अपने शरीर और मन को संतुलित कर सकता है। प्राणायाम से श्वास की गति नियंत्रित होती है, जिससे शरीर में ऊर्जा का प्रवाह बेहतर होता है।

- **स्वच्छता और शुद्धता**: साधना के दौरान शारीरिक शुद्धता बहुत आवश्यक होती है। साधक को नियमित स्नान करना चाहिए और साफ कपड़े पहनने चाहिए। साधना स्थल को भी साफ और पवित्र रखना चाहिए।

- **शाकाहार और संयम**: साधक को अपने आहार में संयम रखना चाहिए और शाकाहारी भोजन का ही सेवन करना चाहिए। इससे शरीर में शांति और सुकून का संचार होता है, जो साधना के लिए आवश्यक है।

आध्यात्मिक तैयारी

अप्सरा साधना एक आध्यात्मिक यात्रा है, जो साधक को आत्मा के उच्चतर स्तर तक ले जाती है। इसलिए आध्यात्मिक रूप से तैयार होना भी आवश्यक है। इसके लिए साधक को निम्नलिखित बातों का ध्यान रखना चाहिए:

- **आध्यात्मिक पुस्तकों का अध्ययन**: साधक को पवित्र ग्रंथों और प्रेरणादायक पुस्तकों का अध्ययन करना चाहिए। इससे उसकी आत्मा में पवित्रता और भक्ति का संचार होता है, जो साधना के मार्ग को सरल बनाता है।

- **गुरु की मार्गदर्शिका**: यदि संभव हो, तो साधक को किसी गुरु से मार्गदर्शन प्राप्त करना चाहिए। गुरु का आशीर्वाद और शिक्षाएँ साधक को साधना के दौरान मार्गदर्शन प्रदान करती हैं और उसे आत्मिक उन्नति की ओर ले जाती हैं।

- **मंत्रों का जप**: साधक को साधना के दौरान उपयुक्त मंत्रों का जाप करना चाहिए। यह जप साधक के भीतर शांति और स्थिरता लाता है और उसे अप्सरा साधना के लिए मानसिक रूप से तैयार करता है।

सकारात्मक ऊर्जा और साधना स्थल की तैयारी

अप्सरा साधना के दौरान साधना स्थल का वातावरण भी बहुत महत्वपूर्ण होता है। एक शांत, पवित्र, और सकारात्मक ऊर्जा से भरे स्थान में साधना करने से साधक की साधना

में सफलता की संभावना बढ़ जाती है। इसके लिए निम्नलिखित तैयारियाँ की जा सकती हैं:

- **धूप और दीप का उपयोग**: साधना स्थल पर नियमित रूप से धूप और दीप जलाना चाहिए। इससे वहाँ की नकारात्मक ऊर्जा दूर होती है और सकारात्मक ऊर्जा का संचार होता है।

- **मंत्रों का उच्चारण**: साधना स्थल पर मंत्रों का उच्चारण करने से उस स्थान की ऊर्जा शुद्ध होती है और साधना के लिए अनुकूल वातावरण बनता है।

- **अप्सरा की मूर्ति या चित्र**: साधना स्थल पर अप्सरा की मूर्ति या चित्र रखना शुभ माना जाता है। इससे साधक को अप्सरा साधना में एकाग्रता मिलती है और उसकी साधना प्रभावी होती है।

निष्कर्ष

अप्सरा साधना से पहले की गई मानसिक, शारीरिक, और आध्यात्मिक तैयारियाँ साधक को साधना के प्रति समर्पित और एकाग्र बनाए रखती हैं। यह तैयारियाँ साधना को अधिक प्रभावशाली बनाती हैं और साधक को अप्सराओं की दिव्य कृपा प्राप्त करने में सहायता करती हैं।

२२. अप्सरा साधना में देवताओं की उपासना

अप्सरा साधना का मार्ग जितना आकर्षक है, उतना ही चुनौतीपूर्ण भी। यह साधना आत्मा की गहराई में उतरने और सौंदर्य, मोहकता, और दिव्यता के माध्यम से आत्मज्ञान की ओर बढ़ने का एक माध्यम है। परंतु, इस साधना को सफल और सुरक्षित बनाने के लिए साधक को कुछ विशेष देवताओं की उपासना और मंत्रों का सहारा लेना आवश्यक होता है। इन देवताओं का आशीर्वाद न केवल साधक की आत्मा को मजबूत बनाता है, बल्कि उन्हें सुरक्षा और आंतरिक शक्ति का संबल भी प्रदान करता है। यह देवता साधक को मानसिक, आत्मिक और बाहरी रूप से सुदृढ़ बनाते हैं ताकि साधना की प्रक्रिया में किसी भी प्रकार की बाधा उन्हें विचलित न कर सके।

1. गणेश जी की उपासना: विघ्नों को दूर करने के लिए

गणेश जी का महत्व

गणेश जी को 'विघ्नहर्ता' कहा जाता है, यानी वह देवता जो हर शुभ कार्य की शुरुआत में आने वाले विघ्नों और बाधाओं को दूर करते हैं। अप्सरा साधना का आरंभ गणेश जी की उपासना से करने का उद्देश्य है कि साधना में किसी भी प्रकार की बाहरी या मानसिक बाधाएँ उत्पन्न न हों। गणेश जी की कृपा से साधक के मार्ग की बाधाएँ दूर हो जाती हैं और साधना निर्विघ्न रूप से पूरी होती है।

मंत्र

"ॐ गण गणपतये नमः।"

विधि

गणेश जी की प्रतिमा या चित्र के सामने दीपक जलाएँ, फूल और धूप अर्पित करें। इसके

बाद इस मंत्र का 108 बार जाप करें। यह मंत्र साधना में एक सुरक्षा कवच का कार्य करता है, जो साधक को आंतरिक स्थिरता और आत्मिक शांति प्रदान करता है। गणेश जी की कृपा साधक को आत्म-संयम, धैर्य और विश्वास का संबल देती है, जो साधना के लिए अत्यंत आवश्यक है।

2. क्रोध भैरव की उपासना: आत्म-सुरक्षा और साहस के लिए

भैरव जी का महत्व

क्रोध भैरव को रक्षा और साहस प्रदान करने वाले देवता के रूप में पूजा जाता है। साधना में कई बार साधक के सामने ऐसी स्थितियाँ आ सकती हैं, जो उन्हें भयभीत कर सकती हैं। क्रोध भैरव की उपासना से साधक में साहस और आत्म-रक्षा का गुण विकसित होता है। उनका आशीर्वाद साधक को निडर बनाता है और हर प्रकार के भय से मुक्ति दिलाता है।

मंत्र

"ॐ क्रोध भैरवाय नमः।"

विधि

भैरव जी की मूर्ति के सामने लाल पुष्प और धूप अर्पित करें। इसके बाद इस मंत्र का 108 बार जाप करें। यह मंत्र साधक के भीतर एक आंतरिक शक्ति का संचार करता है, जो किसी भी प्रकार की मानसिक कमजोरी को दूर करता है और साधक को साधना में निर्भीक बनाता है।

3. शिव जी की उपासना: आत्मिक शक्ति और धैर्य के लिए

शिव जी का महत्व

शिव जी को सभी साधनाओं के स्वामी और जगत के संहारक के रूप में माना जाता है। उनकी उपासना से साधक को आत्मिक शक्ति और स्थिरता प्राप्त होती है। शिव जी का आशीर्वाद साधक को वह आंतरिक शांति और संतुलन प्रदान करता है, जो अप्सरा साधना के दौरान अत्यंत आवश्यक है।

मंत्र

"ॐ नमः शिवाय।"

विधि

शिवलिंग पर जल और बेलपत्र चढ़ाएँ और इसके बाद इस मंत्र का 108 बार जाप करें। इस मंत्र के उच्चारण से साधक में धैर्य, आत्म-शक्ति और दृढ़ता का विकास होता है। शिव जी का आशीर्वाद साधक को साधना के कठिन चरणों में संतुलन बनाए रखने की शक्ति प्रदान करता है।

4. दुर्गा माँ की उपासना: शक्ति और रक्षा के लिए

दुर्गा माँ का महत्व

दुर्गा माँ को शक्ति, करुणा और रक्षा की देवी माना गया है। उनकी कृपा से साधक को वह शक्ति प्राप्त होती है जो किसी भी प्रकार की नकारात्मक ऊर्जा या बाधा का सामना करने में सहायक होती है। माँ दुर्गा का आशीर्वाद साधक के लिए एक सुरक्षा कवच के रूप में कार्य करता है, जिससे वह साधना में निरंतरता और साहस बनाए रखता है।

मंत्र

"ॐ दुं दुर्गायै नमः।"

विधि

माँ दुर्गा के समक्ष दीपक जलाएँ और लाल पुष्प अर्पित करें। इसके बाद इस मंत्र का 108 बार जाप करें। यह मंत्र साधक में शक्ति और आत्म-विश्वास का संचार करता है, जो उसे साधना में हर प्रकार के भय और असुरक्षा से मुक्त रखता है।

5. इन्द्र देव की उपासना: अप्सरा साधना में अनुकूलता के लिए

इन्द्र देव का महत्व

इन्द्र देव अप्सराओं के अधिपति माने जाते हैं और उनकी कृपा से साधक को अप्सराओं की अनुकूलता और कृपा प्राप्त होती है। इन्द्र देव की उपासना से साधक के लिए एक प्रकार की सुरक्षा और मानसिक संबल का निर्माण होता है, जिससे साधक के लिए अनुकूल परिस्थितियाँ बनती हैं और अप्सराओं को आकर्षित करना सरल हो जाता है।

मंत्र

"ॐ इन्द्राय नमः।"

विधि

इन्द्र देव के मंत्र का 108 बार जाप करें। इस उपासना से साधक को अप्सरा साधना में अनुकूलता प्राप्त होती है और वह अप्सराओं की कृपा को आकर्षित करने में सक्षम होता है। इन्द्र देव का आशीर्वाद साधक के मार्ग की बाधाओं को दूर कर उसे सफलता की दिशा में आगे बढ़ाता है।

6. कुबेर देव की उपासना: ऐश्वर्य और संपत्ति के लिए

कुबेर देव का महत्व

कुबेर देव धन, संपत्ति और ऐश्वर्य के देवता माने जाते हैं। अप्सरा साधना में कुबेर देव की कृपा से साधक को संपत्ति और भौतिक समृद्धि का आशीर्वाद प्राप्त होता है। कुबेर देव की उपासना साधक में आकर्षण और ऐश्वर्य की शक्ति का संचार करती है, जो कई बार साधना का प्रमुख उद्देश्य भी हो सकता है।

मंत्र

"ॐ श्रीं ह्रीं क्लीं कुबेराय नमः।"

विधि

इस मंत्र का 108 बार जाप करें। कुबेर देव की कृपा से साधक के जीवन में संपत्ति और समृद्धि का आगमन होता है, जो अप्सरा साधना में धन, ऐश्वर्य और सौभाग्य के आकर्षण का माध्यम बनता है।

7. कामदेव की उपासना: आकर्षण और प्रेम शक्ति के लिए

कामदेव का महत्व

कामदेव प्रेम, आकर्षण और मधुरता के देवता हैं। उनकी कृपा से साधक में एक विशेष आकर्षण और प्रेम का गुण विकसित होता है। अप्सरा साधना में, जहाँ साधक अप्सराओं को अपने समीप आकर्षित करना चाहता है, वहाँ कामदेव का आशीर्वाद अत्यंत सहायक होता है।

मंत्र

"ॐ कामदेवाय नमः।"

विधि

कामदेव का यह मंत्र 108 बार जपें। इस मंत्र के प्रभाव से साधक में एक विशेष प्रकार का आकर्षण और प्रेम शक्ति का संचार होता है, जो उसे अप्सराओं के ध्यान में स्थापित करता है और साधना में सफलता की ओर अग्रसर करता है।

इन देवताओं की उपासना का प्रभाव

इन देवताओं की उपासना साधना में सुरक्षा, साहस, आकर्षण और आत्मिक बल का आधार प्रदान करती है। अप्सरा साधना के मार्ग पर चलने वाले साधक के लिए इन उपासनाओं का उद्देश्य केवल रक्षा और संबल देना ही नहीं है, बल्कि ये साधक को मानसिक और आत्मिक रूप से मजबूत बनाती हैं।

इन्द्र देव की अनुकूलता, कुबेर देव की ऐश्वर्य शक्ति, और कामदेव का आकर्षण शक्ति साधक को अप्सरा साधना में सफलता की ओर ले जाती है। इन देवताओं की कृपा से साधक की साधना सरल और सार्थक बनती है, जिससे वह आत्मिक विकास और सौंदर्य के इस मार्ग पर सहजता से आगे बढ़ता है।

23. अप्सरा से जुड़ने के लिए

अप्सरा साधना में सफलता प्राप्त करने के लिए कुछ विशेष *अनुष्ठानों, मंत्रों और ध्यान की तकनीकों* का पालन करना आवश्यक होता है। ये सभी उपाय साधक को अप्सराओं की दिव्य ऊर्जा से जोड़ने में सहायक होते हैं। साधना के इन पवित्र साधनों से साधक की आत्मिक शक्ति बढ़ती है, मन की शुद्धि होती है, और साधक अपनी साधना में पूर्ण समर्पण के साथ आगे बढ़ पाता है। इस अध्याय में हम जानेंगे कि किन अनुष्ठानों, मंत्रों, और ध्यान तकनीकों का उपयोग करके साधक अप्सरा की दिव्यता को आत्मसात कर सकता है।

अनुष्ठान (Rituals)

अप्सरा साधना के लिए विशेष अनुष्ठानों का पालन करना अनिवार्य माना गया है। यह अनुष्ठान साधक को पवित्रता और एकाग्रता प्रदान करते हैं, जिससे वह अप्सराओं की दिव्य शक्ति से जुड़ सकता है। साधक इन अनुष्ठानों का पालन कर सकता है:

- **साधना स्थल की पवित्रता:** अप्सरा साधना के लिए चुना गया स्थान शांत, स्वच्छ और पवित्र होना चाहिए। साधना स्थल पर नियमित रूप से गंगाजल का छिड़काव करना चाहिए और वहां धूप-दीप जलाने से वातावरण पवित्र और सकारात्मक ऊर्जा से भर जाता है।

- **अप्सरा का चित्र या प्रतिमा:** साधक अपने साधना स्थल पर उस अप्सरा का चित्र या मूर्ति रख सकता है, जिसकी साधना की जा रही हो। यह चित्र या प्रतिमा साधक की साधना में एकाग्रता बनाए रखने में सहायक होती है।

- **साधना सामग्री:** अप्सरा साधना के लिए फूल, चंदन, धूप, दीप, और कुछ विशिष्ट वस्त्र (जैसे सफेद या पीले वस्त्र) का उपयोग करना चाहिए। यह वस्त्र और सामग्री साधना के दौरान वातावरण में सकारात्मक ऊर्जा बनाए रखने में सहायक होती हैं।

मंत्र (Mantras)

मंत्र अप्सरा साधना का एक महत्वपूर्ण अंग है। मंत्रों के माध्यम से साधक अप्सरा की दिव्य शक्ति का आवाहन करता है और अपनी साधना को सिद्ध करने का प्रयत्न करता है। निम्नलिखित मंत्रों का जाप अप्सरा साधना में सहायक माना जाता है:

अप्सरा साधना: यह साधना एक विशेष साधना होती है, जिसमें साधक को अपने गुरु से दीक्षा लेकर अप्सरा साधना के लिए विशिष्ट मंत्र का जाप करना चाहिए। अप्सरा साधना में हर अप्सरा का एक विशेष मंत्र होता है, जिसे गुरु साधक को प्रदान करते हैं। यहाँ दिए गए मंत्र केवल जानकारी के उद्देश्य से हैं; इन्हें बिना गुरु के निर्देश के नहीं करना चाहिए।

अप्सरा मंत्र के प्रकार और उद्देश्य:

1. **पहला मंत्र (आशीर्वाद हेतु)**:

     - यह एक सरल मंत्र है, जिसका उद्देश्य अप्सरा का आशीर्वाद प्राप्त करना है। इस मंत्र में जिस भी अप्सरा का आशीर्वाद पाना हो, उसका नाम मंत्र में जोड़कर जाप करना चाहिए।

     - **मंत्र**: "ॐ श्रीं ह्रीं (अप्सरा का नाम) आगच्छ आगच्छ स्वाहा ॥"

     - **उदाहरण**: "ॐ श्रीं ह्रीं नाभिदर्शना अप्सरा आगच्छ आगच्छ स्वाहा ॥"

     - यह मंत्र साधक की प्रार्थना को अप्सरा तक पहुंचाने और उसका आशीर्वाद प्राप्त करने में सहायक होता है।

2. **दूसरा मंत्र (प्रत्यक्ष हेतु)**:

     - यह मंत्र अप्सरा को प्रत्यक्ष करने के लिए होता है और इसे करना अपेक्षाकृत कठिन होता है। साधक की इस मंत्र साधना में परीक्षा भी ली जा सकती है।

     - **मंत्र**: "ॐ ऐं श्रीं (अप्सरा का नाम) प्रत्यक्षं श्रीं ऐं फट् ॥"

     - **उदाहरण**: "ॐ ऐं श्रीं नाभिदर्शना अप्सरा प्रत्यक्षं श्रीं ऐं फट् ॥"

     - यह मंत्र अप्सरा की दिव्यता को साधक के भीतर स्थापित करने और उसे प्रत्यक्ष अनुभव में बदलने में सहायक होता है।

जाप विधि:

- साधक को अप्सरा मंत्र का कम से कम 21 माला जाप करना चाहिए। विशेषतः यह जाप स्फटिक माला का उपयोग करके करना अधिक प्रभावी माना जाता है। स्फटिक माला से जाप करने से ऊर्जा का संचार होता है और साधक की एकाग्रता बढ़ती है।

- यह जाप लगातार 21 या 51 दिनों तक, शुक्रवार से रात 10 बजे के बाद शुरू करके करना चाहिए।

संकल्प मंत्र:

साधना आरंभ करने से पहले साधक को संकल्प मंत्र का उच्चारण करना चाहिए। इस मंत्र में साधक अपनी साधना का उद्देश्य स्पष्ट करता है और अप्सरा से उसकी कृपा की प्रार्थना करता है।

ध्यान तकनीक (Meditation Techniques)

ध्यान अप्सरा साधना में अत्यंत महत्वपूर्ण भूमिका निभाता है। इसके माध्यम से साधक अप्सरा की ऊर्जा से गहरा संपर्क स्थापित करता है और उसकी दिव्यता को अपने जीवन में अनुभव करता है। निम्नलिखित ध्यान तकनीकें अप्सरा साधना में सहायक होती हैं:

- **एकाग्र ध्यान (Focused Meditation):** इस ध्यान विधि में साधक अप्सरा के चित्र को अपने ध्यान में रखते हुए उसकी दिव्य छवि को अनुभव करता है। यह तकनीक साधक की एकाग्रता और मानसिक शांति को बढ़ाती है।

  - प्रक्रिया: साधक को ध्यान में बैठकर अप्सरा के चित्र या उसकी दिव्यता का ध्यान करना चाहिए। अपनी श्वास-प्रश्वास पर ध्यान केंद्रित करें और अप्सरा की ऊर्जा को अपने भीतर प्रवाहित होते हुए महसूस करें।

- **विजुअलाइजेशन ध्यान (Visualization Meditation):** इस ध्यान तकनीक में साधक अप्सरा की उपस्थिति की कल्पना करता है। यह ध्यान साधक के भीतर अप्सरा की दिव्यता को जाग्रत करता है और उसकी कृपा पाने में सहायक होता है।

- प्रक्रिया: साधक अपनी आँखें बंद करके एक शांत वातावरण में बैठे और अप्सरा की छवि को अपने सामने अनुभव करें। महसूस करें कि अप्सरा उसके सामने है और उसे अपनी ऊर्जा से आशीर्वाद दे रही है।

- **ध्वनि ध्यान (Sound Meditation):** अप्सरा साधना में ध्वनि ध्यान का भी महत्वपूर्ण स्थान है। साधक को साधना के दौरान मंत्रों का उच्चारण करते हुए उनकी ध्वनि का अनुभव करना चाहिए। इस ध्यान से साधक के मन और शरीर में अप्सरा की दिव्य ऊर्जा का संचार होता है।

  - प्रक्रिया: साधक को मंत्र का मध्यम स्वर में जाप करते हुए उसकी ध्वनि को गहराई से महसूस करना चाहिए। ध्वनि ध्यान से साधक में मानसिक संतुलन और आत्मिक शांति का विकास होता है।

आध्यात्मिक समर्पण

अप्सरा साधना में सफलता प्राप्त करने के लिए साधक का आध्यात्मिक समर्पण अत्यंत आवश्यक है। उसे अपने मन, आत्मा, और शरीर को पूर्ण रूप से साधना के प्रति समर्पित करना चाहिए। यह समर्पण अप्सरा की कृपा प्राप्त करने में सहायक होता है और साधक को उसकी साधना में शक्ति और स्थिरता प्रदान करता है।

निष्कर्ष

अप्सरा साधना में अनुष्ठान, मंत्र और ध्यान तकनीकें साधक को अप्सरा की दिव्य ऊर्जा से जुड़ने में सहायक होती हैं। इन पवित्र उपायों से साधक का मन, शरीर, और आत्मा शुद्ध और शांत होता है, जिससे वह अप्सराओं की दिव्यता को अपने जीवन में आत्मसात कर सकता है। इन उपायों का नियमित अभ्यास साधक को आत्मिक उन्नति और अप्सरा साधना में सिद्धि प्रदान करता है।

24. अप्सरा साधना की प्रक्रिया

अप्सरा साधना एक विशेष विधि है, जिसे सही ढंग से करने के लिए चरणबद्ध तरीके से पालन करना आवश्यक होता है। इस प्रक्रिया के प्रत्येक चरण का अपना महत्व है और ये साधना में सफलता के लिए अनिवार्य माने जाते हैं। इस अध्याय में हम अप्सरा साधना के हर चरण को विस्तार से समझेंगे, ताकि साधक साधना को सही विधि से कर सके और अप्सरा की दिव्य कृपा प्राप्त कर सके।

चरण 1: प्रारंभिक आह्वान (Invocation)

साधना का सबसे पहला कदम है *प्रारंभिक आह्वान,* जो अप्सरा को बुलाने का एक पवित्र और विनम्र तरीका है। इस चरण में साधक अप्सरा की दिव्यता और उसके आशीर्वाद के लिए प्रार्थना करता है। इस प्रक्रिया में साधक अपने इरादों को स्पष्ट करता है और साधना के लिए अपनी पूरी श्रद्धा को समर्पित करता है।

- **साधना स्थल की पवित्रता**: साधक को अपने साधना स्थल को गंगाजल या अन्य पवित्र जल से शुद्ध करना चाहिए। यह स्थान को नकारात्मक ऊर्जा से मुक्त करता है।

- **दीप और धूप जलाना**: साधना की शुरुआत में दीपक और धूप जलाकर अप्सरा का आह्वान करें। इसका उद्देश्य वातावरण को पवित्र और सकारात्मक बनाना है।

- **प्रार्थना**: साधक को अपनी आँखें बंद करके अप्सरा को बुलाने के लिए प्रार्थना करनी चाहिए। यह प्रार्थना साधक के समर्पण और श्रद्धा को व्यक्त करती है और अप्सरा को साधक की ओर आकर्षित करती है।

चरण 2: ध्यान (Meditation)

ध्यान अप्सरा साधना का एक प्रमुख चरण है। इस चरण में साधक अपनी मानसिक और आत्मिक ऊर्जा को एकाग्र करता है और अप्सरा की उपस्थिति को अपने भीतर महसूस करता है।

- **आसन में बैठना**: साधक को एक आरामदायक और स्थिर आसन में बैठना चाहिए। पद्मासन या सुखासन सबसे उपयुक्त होते हैं।

- **सांसों पर नियंत्रण**: साधक को अपनी सांसों पर ध्यान केंद्रित करना चाहिए। धीमी और गहरी सांसें लेते हुए मन को शांत करें।

- **अप्सरा का ध्यान करना**: अपनी आँखें बंद करें और अप्सरा की छवि को अपने मन में कल्पित करें। सोचें कि अप्सरा आपके सामने खड़ी हैं और उनके चारों ओर दिव्य प्रकाश फैल रहा है। इस ध्यान से साधक और अप्सरा के बीच एक ऊर्जा संबंध स्थापित होता है।

चरण 3: मंत्र जाप (Chanting of Mantras)

मंत्र जाप अप्सरा साधना का एक महत्वपूर्ण भाग है, जिसके माध्यम से साधक अपनी इच्छा को अप्सरा तक पहुँचाने का प्रयास करता है। मंत्र जाप से साधना में एकाग्रता बढ़ती है और अप्सरा की कृपा प्राप्त करने में सहायता मिलती है।

- **मंत्र का चयन**: साधक को अपने उद्देश्य के अनुसार उपयुक्त मंत्र का चयन करना चाहिए। उदाहरण के लिए, "ॐ श्रीं ह्रीं नाभिदर्शना अप्सरा आगच्छ आगच्छ स्वाहा ॥" मंत्र का जाप किया जा सकता है।

- **माला का उपयोग**: मंत्र जाप में स्फटिक माला का उपयोग करना चाहिए। माला की सहायता से साधक को मंत्र जाप की संख्या का सही ध्यान रहता है।

- **मंत्र की लय**: मंत्र का जाप धीमी और मधुर लय में करें। इससे साधक की ऊर्जा स्थिर होती है और अप्सरा की ओर आकर्षित होती है।

चरण 4: अप्सरा से संवाद (Communion with the Apsara)

मंत्र जाप के बाद साधक का अगला कदम है अप्सरा के साथ मानसिक संवाद स्थापित करना। इस चरण में साधक अपनी इच्छाओं और संकल्पों को अप्सरा के समक्ष प्रस्तुत करता है।

- **अप्सरा की छवि पर ध्यान**: मंत्र जाप के बाद साधक को कुछ समय तक अप्सरा की छवि पर ध्यान केंद्रित करना चाहिए। इस दौरान उसे अप्सरा के प्रति अपने प्रेम और श्रद्धा को व्यक्त करना चाहिए।

- **अपनी इच्छा प्रकट करना**: साधक को अपनी इच्छाओं और साधना के उद्देश्य को अप्सरा के समक्ष स्पष्ट रूप से प्रकट करना चाहिए। यह एक तरह से अप्सरा के प्रति समर्पण का भाव प्रकट करना है।

- **अप्सरा की कृपा की प्रतीक्षा करना**: साधक को धैर्यपूर्वक प्रतीक्षा करनी चाहिए कि अप्सरा उसकी साधना का उत्तर दें। इसे साधक की भक्ति और समर्पण का प्रतीक माना जाता है।

चरण 5: साधना का समापन (Closure)

साधना के अंतिम चरण में साधक अपनी साधना को पूर्णता प्रदान करता है और अप्सरा से विदाई लेता है। इस चरण का उद्देश्य साधना की पवित्रता को बनाए रखते हुए साधक के मन को स्थिर और शांत बनाना है।

- **अप्सरा को धन्यवाद**: साधना समाप्त करने से पहले साधक को अप्सरा का धन्यवाद करना चाहिए और उनके आशीर्वाद के लिए प्रार्थना करनी चाहिए। यह साधना का पवित्र समापन है।

- **शांति मंत्र**: साधना के बाद साधक को एक शांति मंत्र का उच्चारण करना चाहिए। उदाहरण: "ॐ शांति शांति शांति"। यह मंत्र साधक के मन को शांति और स्थिरता प्रदान करता है।

निष्कर्ष

अप्सरा साधना के इन चरणों का पालन करके साधक अप्सरा की दिव्य कृपा को प्राप्त कर सकता है। हर चरण का अपना महत्व है और सही विधि से किए गए ये कदम साधना में सफलता की ओर ले जाते हैं।

25. साधना में उपयोग वस्तु

अप्सरा साधना में सफलता प्राप्त करने के लिए विशेष अनुष्ठानों, भेंटों और यंत्रों का उपयोग किया जाता है। प्रत्येक अनुष्ठान और वस्तु का उद्देश्य साधक को अप्सरा की दिव्य ऊर्जा से जोड़ना और उसकी कृपा प्राप्त करना है। इस अध्याय में हम अप्सरा साधना में उपयोग किए जाने वाले विभिन्न अनुष्ठानों, भेंटों और यंत्रों का विस्तृत विवरण करेंगे और प्रत्येक कदम के महत्व को समझेंगे।

1. अनुष्ठान (Rituals)

अनुष्ठान अप्सरा साधना का आधार होते हैं। ये अनुष्ठान साधक को मानसिक शांति, आंतरिक शुद्धता और अप्सरा की कृपा प्राप्त करने में मदद करते हैं। निम्नलिखित अनुष्ठान विशेष रूप से अप्सरा साधना में किए जाते हैं:

- **साधना स्थल की शुद्धि**: अप्सरा साधना के प्रारंभ में साधक को अपने स्थान को पवित्र और शुद्ध करना चाहिए। इसके लिए गंगाजल या किसी अन्य पवित्र जल का छिड़काव किया जाता है, जिससे नकारात्मक ऊर्जा दूर होती है और वातावरण सकारात्मक बनता है।

- **धूप और दीप जलाना**: साधना के दौरान धूप और दीप जलाना अत्यंत महत्वपूर्ण है। यह वातावरण को पवित्र करता है और दिव्य ऊर्जा का संचार करता है। साथ ही, दीपक जलाने से अप्सरा का आह्वान होता है, जिससे वह साधक की साधना में सहयोग करती है।

- **पवित्र वस्त्र पहनना**: अप्सरा साधना के लिए साधक को सफेद या हल्के रंग के वस्त्र पहनने चाहिए। यह शुद्धता का प्रतीक होता है और साधक की ऊर्जा को संतुलित रखता है।

- **साधना की शुरुआत में प्रार्थना**: साधक को एकाग्रचित्त होकर अप्सरा का आह्वान करना चाहिए और उसकी कृपा प्राप्त करने की प्रार्थना करनी चाहिए। यह प्रार्थना साधक के समर्पण और श्रद्धा को प्रकट करती है।

2. भेंट (Offerings)

अप्सरा साधना में भेंट देने का भी एक विशेष महत्व है। भेंट साधक के भावों को प्रकट करने और अप्सरा के प्रति श्रद्धा और आभार व्यक्त करने का एक तरीका होती है। निम्नलिखित भेंटों का विशेष महत्व है:

- **फूलों की भेंट**: अप्सरा को फूलों की भेंट अर्पित करना बहुत शुभ माना जाता है। विशेष रूप से कमल, चंपा, और गुलाब के फूल अप्सरा को अर्पित किए जाते हैं। ये फूल अप्सरा के सौंदर्य और आकर्षण से जुड़ी होती हैं और उसकी कृपा को आकर्षित करते हैं।

- **घी का दीपक**: साधक को घी का दीपक अर्पित करना चाहिए। घी का दीपक अप्सरा के साथ दिव्य संपर्क स्थापित करने के लिए महत्वपूर्ण होता है। यह दीपक शुद्धता, ज्ञान और सकारात्मकता का प्रतीक होता है।

- **फल और मिठाइयाँ**: अप्सरा को फल और मिठाइयाँ अर्पित करना भी एक महत्वपूर्ण भेंट होती है। ये भेंट साधक की समर्पण की भावना को प्रकट करती है और अप्सरा की कृपा प्राप्त करने का माध्यम बनती है।

- **चंदन और अगरबत्ती**: चंदन का उपयोग अप्सरा साधना में शांति और शुद्धता लाने के लिए किया जाता है। साथ ही, अगरबत्ती या धूप से वातावरण में दिव्यता का संचार होता है, जो साधक के मन को शुद्ध और स्थिर बनाता है।

3. यंत्र (Yantras)

यंत्र अप्सरा साधना में एक बहुत ही महत्वपूर्ण भूमिका निभाते हैं। यंत्रों का प्रयोग साधक की साधना को सही दिशा में निर्देशित करने और उसकी शक्ति को बढ़ाने के लिए किया जाता है। कुछ प्रमुख यंत्रों का उपयोग किया जाता है:

- **अप्सरा यंत्र (Apsara Yantra)**: अप्सरा साधना में विशेष अप्सरा यंत्र का उपयोग किया जाता है। यह यंत्र साधक को अप्सरा की कृपा प्राप्त करने के लिए शक्तिशाली माना जाता है। इसे साधक अपने पूजा स्थल पर रखें और इसकी उपासना करें।

- **प्रक्रिया**: अप्सरा यंत्र को स्वच्छ स्थान पर रखें और नियमित रूप से उसकी पूजा करें। यंत्र के मध्य में अप्सरा का प्रतीक अंकित होता है, जिसे ध्यान से देखना और उसकी उपासना करना चाहिए।

- **द्रव्य यंत्र (Dravya Yantra)**: यह यंत्र अप्सरा की शक्ति को आकर्षित करने के लिए प्रयोग में लाया जाता है। इसे विशेष रूप से सामग्री (द्रव्य) के रूप में पूजा की जाती है। यह यंत्र साधक के घर में सुख-समृद्धि और आकर्षण लाने के लिए उपयोगी माना जाता है।

- **शक्ति यंत्र (Shakti Yantra)**: यह यंत्र अप्सरा की ऊर्जा को साधक के शरीर और आत्मा में संचारित करने के लिए होता है। शक्ति यंत्र साधक को मानसिक और आत्मिक ऊर्जा प्रदान करता है।

4. मंत्र और साधना (Mantras and Meditation)

मंत्रों का जाप और साधना में ध्यान की विधि अप्सरा साधना की प्रभावशीलता को बढ़ाती है। यह साधक को अप्सरा की दिव्यता से जोड़ने का कार्य करती है। अप्सरा साधना में निम्नलिखित मंत्रों का प्रयोग किया जाता है:

- **अप्सरा मंत्र (Apsara Mantra)**: यह मंत्र अप्सरा की शक्ति और ऊर्जा को आकर्षित करने के लिए जाप किया जाता है।

  - उदाहरण: "ॐ श्रीं ह्रीं नाभिदर्शना आगच्छ आगच्छ स्वाहा ॥"

- **सौंदर्य मंत्र (Beauty Mantra)**: यदि साधक का उद्देश्य सौंदर्य और आकर्षण बढ़ाना हो तो यह मंत्र विशेष रूप से उपयोगी होता है।

  - उदाहरण: "ॐ क्लीं "

- **ध्यान मंत्र (Meditation Mantra)**: ध्यान के दौरान मंत्र का जाप साधक की मानसिक शांति और संतुलन को बनाए रखने के लिए किया जाता है।

  - उदाहरण: "ॐ शांति शांति शांति"

निष्कर्ष

अप्सरा साधना के अनुष्ठान, भेंट और यंत्रों का प्रत्येक कदम साधक को अप्सरा की दिव्य ऊर्जा से जोड़ने और उसकी कृपा प्राप्त करने में सहायक होता है। इन सभी उपायों से

साधक का मन, आत्मा और शरीर शुद्ध होता है, जिससे उसे अप्सरा की कृपा प्राप्त होती है और उसकी साधना में सिद्धि प्राप्त होती है।

26. आने वाली संभावित चुनौतियाँ

अप्सरा साधना एक गहन और दिव्य प्रक्रिया है, जिसे पूरी श्रद्धा और समर्पण के साथ किया जाना चाहिए। हालांकि यह साधना अत्यधिक फलदायी हो सकती है, लेकिन इसके दौरान कुछ चुनौतियाँ और समस्याएँ आ सकती हैं, जिन्हें साधक को समझकर उनसे बचने का प्रयास करना चाहिए। इस अध्याय में हम अप्सरा साधना में आने वाली संभावित चुनौतियों, उनके कारणों और उनसे बचने के उपायों पर चर्चा करेंगे। साथ ही, यह भी जानेंगे कि साधना में अनुशासन, सम्मान और धैर्य का क्या महत्व है।

1. अनुशासन की कमी (Lack of Discipline)

अप्सरा साधना में अनुशासन की महत्वपूर्ण भूमिका होती है। बिना अनुशासन के साधक अपनी साधना में स्थिरता और सफलता प्राप्त नहीं कर सकता। साधना में लगातार और नियमित रूप से अभ्यास करने की आवश्यकता होती है, और इसे किसी भी प्रकार की लापरवाही या आलस्य के बिना करना चाहिए।

- **समय का प्रबंधन**: साधक को अपनी साधना के लिए एक निश्चित समय निर्धारित करना चाहिए। इसे नियमित रूप से पालन करना आवश्यक है, ताकि साधना में निरंतरता बनी रहे।

- **नियमित साधना**: साधक को अपनी साधना को बिना किसी विघ्न के नियमित रूप से करना चाहिए। एक दिन की साधना छोड़ने से साधक का मानसिक संकल्प कमजोर हो सकता है।

- **व्यवस्थित जीवनशैली**: साधक को अपनी दिनचर्या में संतुलन बनाए रखना चाहिए। साधना के साथ-साथ आहार, व्रत और स्वास्थ्य का ध्यान रखना आवश्यक है।

2. अत्यधिक आशा और जल्दी परिणाम की उम्मीद (Unrealistic Expectations and Quick Results)

अक्सर साधक साधना के दौरान बहुत जल्दी परिणाम की उम्मीद करते हैं, और यदि उन्हें तुरंत कोई फल नहीं मिलता, तो वे निराश हो जाते हैं। अप्सरा साधना जैसे गहन और अदृश्य कार्यों में समय लगता है, और परिणाम तुरंत नहीं मिल सकते।

- **धैर्य रखें**: साधक को साधना में धैर्य रखना चाहिए। अप्सरा की कृपा प्राप्त करने के लिए समय और सही मानसिकता की आवश्यकता होती है।

- **प्रकृति से सीखें**: जैसे पेड़ को फल देने में समय लगता है, वैसे ही साधना का परिणाम भी धीरे-धीरे और स्वाभाविक रूप से मिलता है। यह प्रक्रिया एक जीवनदायिनी यात्रा है, न कि त्वरित परिणाम प्राप्त करने का साधन।

- **कभी भी साधना का उद्देश्य न बदलें**: किसी भी कठिनाई के समय, साधक को अपने उद्देश्य और विश्वास पर अडिग रहना चाहिए। किसी भी विघ्न या समस्या से घबराकर अपनी साधना को न छोड़ें।

3. मानसिक और शारीरिक थकावट (Mental and Physical Fatigue)

अप्सरा साधना में शारीरिक और मानसिक ऊर्जा की बहुत अधिक आवश्यकता होती है। यदि साधक ठीक से शारीरिक और मानसिक रूप से तैयार नहीं है, तो साधना के दौरान थकावट महसूस हो सकती है। यह थकावट साधना के उद्देश्य से भटकने का कारण बन सकती है।

- **आराम और ध्यान**: साधक को अपनी शारीरिक और मानसिक थकावट को दूर करने के लिए पर्याप्त आराम और ध्यान करना चाहिए। साधना के दौरान कोई भी शारीरिक कष्ट या मानसिक अवसाद नहीं होना चाहिए।

- **आहार पर ध्यान दें**: साधक को हल्का और सात्विक आहार लेना चाहिए, जो शरीर को ऊर्जा प्रदान करता है और मानसिक स्पष्टता बनाए रखता है।

- **सांसों पर नियंत्रण**: शारीरिक थकावट को दूर करने के लिए साधक को प्राणायाम और गहरी सांसों का अभ्यास करना चाहिए। यह साधना के दौरान ऊर्जा स्तर को बनाए रखने में मदद करता है।

4. अप्रिय या नकारात्मक विचारों का आना (Negative Thoughts or Feelings)

साधना के दौरान कई बार नकारात्मक विचार, शंका या डर उत्पन्न हो सकते हैं, जो साधक को भ्रमित और हतोत्साहित कर सकते हैं। इन विचारों का आना एक सामान्य प्रक्रिया है, लेकिन उन्हें नियंत्रित करना अत्यंत महत्वपूर्ण है।

- **मनोबल बनाए रखें**: साधक को अपने मनोबल को मजबूत रखना चाहिए और नकारात्मक विचारों को सकारात्मक रूप से बदलने का प्रयास करना चाहिए।

- **सकारात्मक सोच विकसित करें**: साधक को अपने मन में सकारात्मक विचारों को लाने के लिए सकारात्मक मंत्रों का जाप करना चाहिए। इससे नकारात्मकता का प्रभाव कम होता है और मानसिक शांति बनी रहती है।

- **ध्यान और योगाभ्यास**: ध्यान और योगाभ्यास से साधक के मानसिक स्वास्थ्य को बेहतर बनाया जा सकता है, जिससे नकारात्मक विचारों का असर कम होता है।

5. सम्मान की कमी (Lack of Respect)

अप्सरा साधना में सम्मान एक महत्वपूर्ण तत्व है। साधक को न केवल अप्सरा के प्रति, बल्कि अपनी साधना के प्रति भी सम्मान रखना चाहिए। यदि साधक इस प्रक्रिया को हल्के में लेते हैं, तो यह साधना की प्रभावशीलता को कमजोर कर सकता है।

- **अप्सरा के प्रति श्रद्धा**: अप्सरा एक दिव्य शक्ति हैं, और उन्हें पूरी श्रद्धा और सम्मान के साथ सम्मानित किया जाना चाहिए। साधक को हमेशा इस बात का ध्यान रखना चाहिए कि वह अप्सरा के प्रति अपनी शुद्धता और समर्पण के भाव को बनाए रखे।

- **साधना की विधि का पालन करें**: साधक को साधना की विधि में किसी प्रकार की लापरवाही नहीं करनी चाहिए। साधना में प्रत्येक कदम का अपना महत्व होता है, और किसी भी कदम को अनदेखा करना साधना के परिणाम को प्रभावित कर सकता है।

- **गुरु का सम्मान करें**: यदि साधक किसी गुरु से मार्गदर्शन प्राप्त कर रहा है, तो उसे गुरु के प्रति भी सम्मान और श्रद्धा रखनी चाहिए। गुरु के मार्गदर्शन से साधना की सफलता की संभावना बढ़ जाती है।

निष्कर्ष

अप्सरा साधना एक गहन और दिव्य यात्रा है, जिसे अनुशासन, सम्मान और धैर्य के साथ किया जाना चाहिए। साधक को साधना में आने वाली चुनौतियों और समस्याओं को समझते हुए उनका सामना करना चाहिए। अनुशासन की कमी, अत्यधिक आशाएँ, मानसिक थकावट, नकारात्मक विचार, और सम्मान की कमी जैसे मुद्दे साधना के मार्ग में बाधा डाल सकते हैं, लेकिन सही दृष्टिकोण और समर्पण से इन पर विजय पाई जा सकती है। साधक को अपनी साधना में निरंतरता, विश्वास और धैर्य बनाए रखना चाहिए ताकि वह अप्सरा की दिव्य कृपा प्राप्त कर सके।

27. अप्सरा साधना में नैतिक विचार

अप्सरा साधना एक गहन और दिव्य प्रक्रिया है, जो साधक को अद्वितीय शक्तियाँ प्रदान करने का माध्यम बन सकती है। हालांकि, यह शक्तियाँ केवल सकारात्मक उद्देश्य के लिए उपयोग की जानी चाहिए। यदि इन्हें नकारात्मक या व्यक्तिगत स्वार्थों के लिए इस्तेमाल किया जाए, तो यह साधक के लिए हानिकारक साबित हो सकता है। इस अध्याय में हम अप्सरा साधना के दौरान कुछ नैतिक विचारों पर चर्चा करेंगे, विशेष रूप से उन शक्तियों का दुरुपयोग और इसके संभावित दुष्परिणामों पर ध्यान केंद्रित करेंगे।

1. शक्तियों का नकारात्मक उपयोग (Negative Use of Powers)

अप्सरा साधना के माध्यम से प्राप्त शक्तियाँ अत्यधिक प्रभावशाली और शक्तिशाली होती हैं। ये शक्तियाँ व्यक्ति के व्यक्तित्व में बदलाव ला सकती हैं, जैसे कि आकर्षण, चमत्कारी प्रभाव, और सृजनात्मकता। हालांकि, यदि इन शक्तियों का उपयोग गलत उद्देश्य के लिए किया जाए, तो यह साधक के जीवन को उल्टा कर सकता है।

- **व्यक्तिगत स्वार्थ के लिए शक्ति का दुरुपयोग**: कई बार साधक इन शक्तियों का उपयोग दूसरों को नुकसान पहुँचाने, अपने स्वार्थ को सिद्ध करने या नफरत फैलाने के लिए कर सकते हैं। इस प्रकार का दुरुपयोग न केवल उनके आत्मिक विकास को प्रभावित करता है, बल्कि यह आध्यात्मिक रूप से भी हानिकारक होता है।

- **कृत्रिम आकर्षण या नियंत्रण**: अप्सरा की शक्तियों का उपयोग दूसरों को नियंत्रित करने या उनके ऊपर अवांछित आकर्षण उत्पन्न करने के लिए किया जाना, जैसे किसी को अपनी इच्छाओं के अनुसार बदलना, यह अनैतिक है और इसके भयंकर परिणाम हो सकते हैं।

2. प्राकृतिक संतुलन के खिलाफ कार्य (Going Against Natural Balance)

अप्सरा साधना से प्राप्त शक्तियाँ यदि प्राकृतिक संतुलन के खिलाफ काम करती हैं, तो यह साधक को गंभीर दुष्परिणामों की ओर ले जा सकती हैं। मनुष्य का उद्देश्य आत्मा की शुद्धि और सकारात्मक कर्म करना होना चाहिए, न कि बाहरी दुनिया को अपनी इच्छाओं से नियंत्रित करना।

- **परिस्थितियों को अपनी इच्छाओं के अनुसार मोड़ना**: अगर साधक अपनी इच्छाओं को पूरा करने के लिए अप्सरा शक्तियों का उपयोग करते हैं, तो यह प्राकृतिक प्रक्रिया को बाधित कर सकता है। यह न केवल साधक के लिए बल्कि उनके आस-पास के लोगों के लिए भी घातक हो सकता है।

- **किसी का नुकसान करना**: किसी को जानबूझकर नुकसान पहुँचाना, चाहे वह शारीरिक हो या मानसिक, अप्सरा साधना का उद्देश्य नहीं है। यह आत्मा को बहुत ही गहरे स्तर पर चोट पहुँचाता है और इसकी सजा जीवन भर की पीड़ा के रूप में मिल सकती है।

3. आध्यात्मिक पथ से विचलन (Deviation from the Spiritual Path)

अप्सरा साधना के माध्यम से प्राप्त शक्तियाँ साधक को एक उच्च स्तर पर ला सकती हैं, लेकिन इसके साथ ही यह भी जरूरी है कि वह अपने आध्यात्मिक उद्देश्य को न भूलें। साधना का मुख्य उद्देश्य आत्मिक उन्नति और आत्मज्ञान होना चाहिए, न कि इन शक्तियों का शोषण करना।

- **आध्यात्मिक उद्देश्यों का विस्मरण**: कभी-कभी साधक अप्सरा साधना से प्राप्त शक्तियों के आकर्षण में फंसकर अपने आध्यात्मिक उद्देश्य को भूल सकते हैं। यह उन्हें सत्य के मार्ग से भटका सकता है और उन्हें अपनी आध्यात्मिक यात्रा में निरंतर असफलता का सामना करना पड़ सकता है।

- **कठिनाइयों और असफलताओं से निराशा**: यदि साधक गलत उद्देश्य के लिए शक्तियों का उपयोग करते हैं और परिणामस्वरूप समस्याएँ उत्पन्न होती हैं, तो यह उन्हें मानसिक और भावनात्मक संकट में डाल सकता है। यह न केवल उनके आध्यात्मिक पथ को रोक सकता है, बल्कि उन्हें शारीरिक और मानसिक कष्ट भी हो सकता है।

4. किसी अन्य व्यक्ति के स्वतंत्र इच्छाओं का उल्लंघन (Violation of Others' Free Will)

अप्सरा साधना का एक अनिवार्य पहलू यह है कि साधक को दूसरों की स्वतंत्र इच्छाओं और निर्णयों का सम्मान करना चाहिए। किसी भी व्यक्ति को अपनी इच्छा के खिलाफ प्रभावित करना, उनकी स्वतंत्रता में हस्तक्षेप करना एक गंभीर नैतिक उल्लंघन है।

- **आध्यात्मिक स्वतंत्रता का सम्मान**: दूसरों को प्रभावित करने या उनके निर्णयों पर दबाव डालने के लिए अप्सरा की शक्तियों का उपयोग करना पूरी तरह से गलत है। यह किसी व्यक्ति की व्यक्तिगत स्वतंत्रता और स्वायत्तता का उल्लंघन करता है।

- **किसी पर अत्याचार**: किसी पर मानसिक या भावनात्मक दबाव डालने के लिए साधना का उपयोग करना न केवल गलत है, बल्कि यह साधक को एक अवांछनीय क karmic cycle में फंसा सकता है।

5. स्वार्थ और अहंकार (Selfishness and Ego)

अप्सरा साधना के दौरान प्राप्त शक्तियाँ कभी-कभी साधक में अहंकार और स्वार्थ की भावना पैदा कर सकती हैं। साधक को यह याद रखना चाहिए कि आध्यात्मिक यात्रा का उद्देश्य केवल आत्मज्ञान और सेवा का होना चाहिए, न कि केवल स्वयं को श्रेष्ठ साबित करना।

- **अहंकार और गर्व**: यदि साधक अपनी शक्तियों का घमंड करते हैं और दूसरों से श्रेष्ठता की भावना रखते हैं, तो यह उन्हें एक गलत दिशा में ले जा सकता है। अहंकार साधक के आध्यात्मिक विकास में सबसे बड़ी रुकावट है।

- **स्वार्थी प्रेरणाएँ**: साधक को यह सुनिश्चित करना चाहिए कि वह अपनी शक्तियों का उपयोग किसी अन्य के नुकसान के लिए नहीं बल्कि समाज और मानवता की भलाई के लिए करें।

निष्कर्ष

अप्सरा साधना में प्राप्त शक्तियाँ अत्यधिक प्रभावशाली और उपयोगी हो सकती हैं, लेकिन इनका दुरुपयोग गंभीर परिणाम उत्पन्न कर सकता है। साधक को अपनी शक्तियों का उपयोग हमेशा सकारात्मक उद्देश्यों के लिए करना चाहिए और ध्यान रखना चाहिए कि उनका कोई भी कदम दूसरों के खिलाफ न जाए। नैतिकता, सम्मान और ईमानदारी अप्सरा साधना की सफलता के लिए आवश्यक हैं। इसलिए, साधक को हमेशा अपने उद्देश्य को शुद्ध और सकारात्मक रखने का प्रयास करना चाहिए, ताकि वह अपनी

शक्तियों का सही उपयोग कर सके और उनका जीवन आध्यात्मिक उन्नति की ओर बढ़ सके।

28. सफल साधकों के अनुभव

अप्सरा साधना एक प्राचीन और दिव्य अभ्यास है, जिसे आध्यात्मिक रूप से उन्नति प्राप्त करने के लिए किया जाता है। इसका इतिहास और विभिन्न साधकों के अनुभव इस बात को प्रमाणित करते हैं कि यह साधना शक्ति, आकर्षण, बुद्धि और आध्यात्मिक ज्ञान प्राप्त करने का एक प्रभावी तरीका हो सकती है। इस अध्याय में हम अप्सरा साधना के इतिहास, कुछ प्रसिद्ध साधकों के अनुभव और सफलता की कहानियाँ साझा करेंगे। ये अनुभव न केवल साधकों के लिए प्रेरणा का स्रोत बनेंगे, बल्कि यह भी दिखाएँगे कि सही दिशा में की गई साधना जीवन में महान बदलाव ला सकती है।

1. अप्सरा साधना का इतिहास (History of Apsara Sadhna)

अप्सरा साधना का उल्लेख प्राचीन भारतीय ग्रंथों जैसे कि वेद, पुराण और महाकाव्य में मिलता है। विशेष रूप से, महाभारत और रामायण में अप्सराओं का वर्णन किया गया है, जहाँ उन्हें देवताओं और ऋषियों द्वारा आशीर्वाद देने वाली दिव्य शक्तियों के रूप में दर्शाया गया है।

- **अप्सराओं का अस्तित्व:** अप्सराएँ वे दिव्य नर्तकियाँ और गायक होती हैं जो स्वर्ग में देवताओं के पास निवास करती हैं। वे मनोरंजन के साथ-साथ बहुत सी जादुई शक्तियाँ भी रखती हैं। इस कारण, अप्सरा साधना का अभ्यास उच्च आध्यात्मिक उद्देश्य और दिव्य शक्तियों की प्राप्ति के लिए किया जाता था।

- **प्राचीन ग्रंथों में अप्सरा साधना:** संस्कृत के ग्रंथों में अप्सरा साधना के कई रूपों का उल्लेख किया गया है। इन ग्रंथों में अप्सराओं से जुड़ी विशेष साधनाएँ और मंत्रों का वर्णन किया गया है, जो उन्हें अपने दिव्य गुणों और शक्तियों के साथ जोड़ने में मदद करते थे।

2. प्रसिद्ध साधकों के अनुभव (Experiences of Famous Practitioners)

अप्सरा साधना से जुड़ी कई प्रेरणादायक कहानियाँ और अनुभव हैं, जो इसके प्रभाव और सफलता को सिद्ध करती हैं। इन अनुभवों को पढ़कर साधक यह समझ सकते हैं कि यदि साधना सही दिशा में और समर्पण के साथ की जाए, तो यह अद्भुत फल दे सकती है।

कथा 1: ऋषि विश्वामित्र और मेनका

ऋषि विश्वामित्र का नाम भारतीय इतिहास में बहुत प्रसिद्ध है, और उनके अप्सरा साधना से जुड़े अनुभव हमें यह समझाने में मदद करते हैं कि अप्सरा साधना कितनी शक्तिशाली हो सकती है। विश्वामित्र ने अपनी तपस्या के दौरान मेनका नामक अप्सरा को आकर्षित किया था। मेनका ने उन्हें भटकाया, लेकिन बाद में, विश्वामित्र ने अपनी साधना में और अधिक गहरी निष्ठा और समर्पण के साथ अपने उद्देश्य को पुनः प्राप्त किया। इस घटना ने यह सिद्ध किया कि अप्सरा साधना के दौरान आने वाली विघ्न बाधाएँ भी साधक को अपना उद्देश्य प्राप्त करने में मदद कर सकती हैं, बशर्ते कि वह धैर्य और विश्वास बनाए रखे।

कथा 2: अप्सरा साधना में सफलता के बाद महात्मा गालव

महात्मा गालव, जो कि एक महान ऋषि थे, ने अप्सरा साधना का अभ्यास किया था। कहा जाता है कि उन्होंने अपनी साधना के दौरान अप्सरा से आशीर्वाद प्राप्त किया, जिससे उनकी शक्ति और ज्ञान में अभिवृद्धि हुई। उनके अनुभव ने यह सिद्ध किया कि अप्सरा से प्राप्त आशीर्वाद साधक की आध्यात्मिक उन्नति में सहायक हो सकता है, बशर्ते वह इसे सही दिशा में प्रयोग करे।

कथा 3: साधिका देवयानी का अनुभव

देवयानी एक प्रसिद्ध साधिका थीं, जिन्होंने अप्सरा साधना में सफलता प्राप्त की थी। उनकी साधना का उद्देश्य सुंदरता, आकर्षण और व्यक्तिगत शक्ति प्राप्त करना था। कहा जाता है कि उन्होंने नियमित रूप से अप्सरा से संबंधित मंत्रों और ध्यान तकनीकों का पालन किया, जिसके परिणामस्वरूप उन्हें अद्वितीय आकर्षण और आत्म-विश्वास प्राप्त हुआ। उनकी सफलता के कारण उन्हें सम्मान और प्रसिद्धि मिली। यह उदाहरण यह दिखाता है कि अप्सरा साधना का अभ्यास बाहरी दुनिया में भी सकारात्मक बदलाव ला सकता है।

3. साधकों के अनुभव (Testimonials of Practitioners)

अप्सरा साधना के दौरान कई साधकों ने अपनी यात्रा में विभिन्न अनुभवों का सामना किया है। कुछ ने अपनी साधना के दौरान अप्रत्याशित परिणामों का अनुभव किया, जबकि कुछ

ने इसे एक लंबी, कठिन प्रक्रिया के रूप में देखा, जिसमें धैर्य और समर्पण की आवश्यकता थी। यहाँ कुछ साधकों के अनुभव प्रस्तुत हैं:

साधक अजय की कहानी

अजय, जो एक युवा साधक थे, ने अप्सरा साधना की शुरुआत अपने जीवन में आकर्षण और आत्मविश्वास बढ़ाने के लिए की थी। शुरुआत में उन्हें सफलता नहीं मिल रही थी, लेकिन उन्होंने हार मानने के बजाय अपनी साधना में और अधिक लगन और अनुशासन से काम किया। कुछ महीनों बाद, उन्हें मानसिक शांति, स्थिरता और अपने व्यक्तित्व में बदलाव महसूस हुआ। अजय का कहना था, "अप्सरा साधना ने मुझे आत्म-विश्वास और मानसिक शक्ति दी, जिससे मैं अपनी इच्छाओं को सही दिशा में नियंत्रित कर पा रहा हूँ।"

साधिका सिमा की कहानी

सिमा, एक महिला साधिका, ने अप्सरा साधना की शुरुआत अपनी सृजनात्मकता को बढ़ाने और जीवन में सकारात्मक बदलाव लाने के लिए की थी। वह बताती हैं, "अप्सरा साधना ने मुझे मेरे जीवन के उद्देश्य को स्पष्ट किया और मेरी रचनात्मकता में अभिवृद्धि की। अब मुझे अपनी कला में और जीवन में नया दृष्टिकोण प्राप्त हुआ है।"

4. सारांश (Summary)

अप्सरा साधना एक शक्तिशाली और दिव्य अभ्यास है, जो न केवल साधक की बाहरी दुनिया में परिवर्तन ला सकती है, बल्कि उन्हें आंतरिक शांति और आध्यात्मिक उन्नति भी प्रदान कर सकती है। इतिहास, प्रसिद्ध ऋषियों और साधकों के अनुभवों से यह स्पष्ट होता है कि अप्सरा साधना के माध्यम से प्राप्त शक्तियाँ और आशीर्वाद सही दिशा में उपयोग करने पर जीवन में महान बदलाव ला सकती हैं।

इन अनुभवों और कथाओं से हमें यह सिखने को मिलता है कि साधना का उद्देश्य केवल शक्ति और आकर्षण प्राप्त करना नहीं, बल्कि अपने जीवन को सही दिशा में ले जाना और अंततः आत्मज्ञान की प्राप्ति करना है। अप्सरा साधना का सही अभ्यास साधक के जीवन को अधिक समृद्ध, शांति और ज्ञानपूर्ण बना सकता है।

29. कालिदास और अप्सरा साधना

भारत के महान संस्कृत कवि और नाटककार **कालिदास** को प्राचीन भारतीय साहित्य का अद्वितीय रत्न माना जाता है। उनकी काव्य रचनाएँ, जैसे **शकुंतला, विक्रमोर्वशीयम**, और **रघुवंश**, न केवल उनकी गहरी बौद्धिक क्षमता को दर्शाती हैं, बल्कि प्रकृति, मानवता और दिव्यता की समझ को भी उजागर करती हैं। हालांकि, कालिदास के जीवन से जुड़ी कुछ रोचक और रहस्यमयी कथाएँ भी प्रचलित हैं, जिनमें से एक यह है कि उन्होंने अपनी बौद्धिक और आध्यात्मिक उन्नति के लिए **अप्सरा साधना** की थी।

कालिदास का साधारण जीवन (Kalidasa's Ordinary Life)

कहा जाता है कि कालिदास का प्रारंभिक जीवन बहुत साधारण था। वह एक सामान्य व्यक्ति थे और उनके पास कोई विशेष शिक्षा या आध्यात्मिक ज्ञान नहीं था। कुछ मान्यताओं के अनुसार, वह एक अनपढ़ व्यक्ति थे और उनके बौद्धिक दृष्टिकोण को लेकर लोग उनका मजाक उड़ाते थे। उनकी पत्नी भी एक सुंदर राजकुमारी थीं, लेकिन वह भी उनके साधारण व्यक्तित्व को लेकर असंतुष्ट थीं।

अप्सरा साधना की शुरुआत (The Beginning of Apsara Sadhna)

कालिदास की जीवन यात्रा में एक बड़ा मोड़ तब आया, जब उन्होंने दिव्य ज्ञान और शक्ति प्राप्त करने के लिए **अप्सरा साधना** का मार्ग अपनाया। उनकी इच्छा थी कि वह अपने जीवन में ज्ञान, शक्ति, और रचनात्मकता की प्राप्ति करें। कहते हैं कि उन्होंने अपनी साधना के दौरान **उर्वशी**, जो कि अप्सराओं की सबसे प्रसिद्ध और बुद्धिमान अप्सरा मानी जाती हैं, का आवाहन किया। उर्वशी का आशीर्वाद प्राप्त करने के लिए कालिदास ने कठोर साधना की और उसे पूर्ण समर्पण के साथ किया।

उर्वशी से आशीर्वाद (Blessings from Urvashi)

कालिदास की तपस्या और साधना ने आकाशीय अप्सराओं का ध्यान आकर्षित किया, और विशेष रूप से उर्वशी ने उन्हें अपने आशीर्वाद से नवाजा। उर्वशी की विशेषता उनकी सुंदरता, आकर्षण, और बौद्धिक क्षमता में निहित थी। कालिदास ने जब उर्वशी से आशीर्वाद प्राप्त किया, तो उनके जीवन में एक नया मोड़ आया। उनका बौद्धिक दृष्टिकोण और रचनात्मकता गहरे परिवर्तन से गुजरने लगे। उर्वशी के आशीर्वाद से कालिदास ने न केवल अपनी रचनात्मकता को बढ़ाया, बल्कि उन्हें संसार के गूढ़ रहस्यों और आध्यात्मिक ज्ञान की प्राप्ति भी हुई।

रचनात्मकता और आध्यात्मिकता में वृद्धि (Increase in Creativity and Spirituality)

कालिदास के जीवन में यह परिवर्तन उनकी काव्य रचनाओं में स्पष्ट रूप से देखने को मिलता है। उनकी काव्य रचनाएँ अब केवल भाषा की सुंदरता और भावनाओं की गहराई तक सीमित नहीं थीं, बल्कि उनमें प्रकृति, प्रेम, दिव्यता और आत्मज्ञान की गूढ़ समझ भी शामिल हो गई थी। उनकी कविता में हर शब्द और विचार में अप्सराओं की जो सुंदरता और आकर्षण का बोध होता था, वही उन्होंने अपनी रचनाओं में बखूबी उतारा।

शकुंतला और **विक्रमोर्वशीयम** जैसे नाटकों में उन्होंने अप्सराओं की सुंदरता, शक्तियों और मानवता के बीच संतुलन को बखूबी दर्शाया। उनके साहित्य में अप्सराओं की उपस्थिति केवल बाहरी आकर्षण के रूप में नहीं, बल्कि वे रचनात्मकता और आध्यात्मिकता के एक प्रतीक के रूप में उभरीं।

अप्सरा साधना से मिली सफलता (Success through Apsara Sadhna)

कालिदास की अप्सरा साधना और उर्वशी से प्राप्त आशीर्वाद ने उन्हें न केवल साहित्यिक क्षेत्र में महान बना दिया, बल्कि उन्होंने आध्यात्मिकता के क्षेत्र में भी उच्च स्थान प्राप्त किया। उनका जीवन यह सिद्ध करता है कि अप्सरा साधना न केवल सुंदरता और आकर्षण की प्राप्ति के लिए की जाती है, बल्कि यह गहरी बौद्धिक और आध्यात्मिक वृद्धि का भी एक रास्ता हो सकता है। कालिदास का उदाहरण यह बताता है कि साधना के माध्यम से व्यक्ति अपनी भीतर की शक्ति को पहचान सकता है और जीवन के उच्चतम उद्देश्य की ओर बढ़ सकता है।

कालिदास का योगदान और अप्सरा साधना का महत्व (Kalidasa's Contribution and the Importance of Apsara Sadhna)

कालिदास ने अपनी अप्सरा साधना के माध्यम से न केवल साहित्यिक दुनिया में अपनी पहचान बनाई, बल्कि उन्होंने यह भी सिद्ध किया कि आध्यात्मिक साधना का प्रभाव जीवन के हर पहलू में होता है—चाहे वह कला हो, साहित्य हो, या व्यक्तिगत जीवन। उनकी काव्य रचनाओं में जो अद्वितीयता और गहराई दिखती है, वह केवल बाहरी रूप से सुंदरता और आकर्षण से नहीं, बल्कि एक उच्च आध्यात्मिक और मानसिक स्थिति से भी उत्पन्न होती है।

उनका जीवन हमें यह सिखाता है कि अगर किसी व्यक्ति में सच्चे समर्पण और मेहनत के साथ साधना की दिशा सही हो, तो वह न केवल अपनी बौद्धिक और मानसिक क्षमता को बढ़ा सकता है, बल्कि दिव्य आशीर्वाद और आध्यात्मिक ज्ञान प्राप्त कर सकता है।

निष्कर्ष (Conclusion)

कालिदास का जीवन और उनकी अप्सरा साधना का कथानक यह सिद्ध करता है कि यदि कोई व्यक्ति सच्चे समर्पण और गहरी साधना के साथ अपनी आत्मा के गहरे रहस्यों को जानने की कोशिश करता है, तो वह अपनी रचनात्मकता, बौद्धिक क्षमता, और आध्यात्मिक उन्नति के क्षेत्र में महान बदलाव ला सकता है। अप्सरा साधना का सही अभ्यास किसी भी व्यक्ति को उसकी पूरी क्षमता की ओर मार्गदर्शन कर सकता है, बशर्ते वह इसके प्रति पूरी निष्ठा और धैर्य रखे।

कालिदास की कहानी हमें प्रेरित करती है कि साधना के मार्ग में आने वाली कठिनाइयों और विघ्नों के बावजूद, सही मार्गदर्शन और दिव्य आशीर्वाद से हम अपने जीवन को एक नई दिशा दे सकते हैं।

Part 3
Stories & FAQ

30. सधक की कहानी

मैंने रम्भा अप्सरा साधना इस उद्देश्य से की थी कि वह मेरी दोस्त बने। यह साधना 21 दिन की थी, लेकिन मैंने केवल 3 दिन की साधना की और फिर रम्भा अप्सरा के लिए होम किया और पूजा सामग्री को पास की नदी में विसर्जित कर दिया।

शुरुआत में मैंने शुद्ध हृदय से मानसिक रूप से प्रार्थना की और रम्भा अप्सरा से पूछा कि क्या वह मुझे जीवन भर के लिए अपनी दोस्त बनाने के लिए राधना करने का संकेत देगी? उसी रात मैंने रम्भा अप्सरा का दर्शन किया। तो मैंने इसे स्वीकृत मानते हुए साधना जारी रखने का निर्णय लिया।

पहले मैंने रम्भा अप्सरा के मंत्र को सिद्ध करने के लिए श्री गणेश की पूजा की ताकि मंत्र से सिद्धि प्राप्त हो सके। पूजा के बाद मैंने अपने गुरु भगवान भोलेनाथ को नमन किया और साधना के दौरान सुरक्षा की प्रार्थना की ताकि कोई अनचाही आत्मा आकर्षित न हो, क्योंकि शिव जी भूतनाथ हैं।

इसके बाद मैंने शुद्ध पंचगव्य से संस्कृत की हुई स्पटिक माला पर मंत्र जाप शुरू किया। पहले दिन मैंने 21 माला की, दूसरे दिन भी यही क्रम जारी रखा, गुरु मंत्र और गणेश मंत्र के बाद रात को जाप किया।

तीसरे दिन मुझे बेचैनी होने लगी और मेरा दिल रम्भा अप्सरा के लिए तरसने लगा, जैसे अगर रम्भा मेरे सामने नहीं आई तो मैं मर जाऊंगा। यह एक सकारात्मक संकेत था कि अप्सरा चाहती हैं कि मैं साधना को पूरी तीव्रता से जारी रखूं। साधना में भावना सबसे महत्वपूर्ण है, जितनी मजबूत भावना होगी, उतनी ही अधिक सफलता की संभावना होगी। ब्रह्मचर्य और पूरी गोपनीयता साधना में अनिवार्य हैं।

लेकिन अचानक एक विचार आया कि भगवान श्री कृष्ण ने भगवद गीता में कहा है कि जो भी योनियाँ हम साधना के माध्यम से प्रसन्न करते हैं, उनके साथ हमें मृत्यु के बाद सेवा करनी पड़ती है। इसका मतलब है कि मृत्यु के बाद हमें अप्सरा लोक में जाना होगा,

जिससे मोक्ष का कोई अवसर नहीं मिलेगा। इसलिए नीच कोटी की साधना जैसे भूत और पिशाच से बचना चाहिए, क्योंकि फिर हमें उन्हीं योनियों में सेवा करनी पड़ती है। इसी कारण तांत्रिक लोग भूत-पिशाच से सहायता लेते हुए सिद्धि को कलश में रखते हैं और उसे शराब और मांस अर्पित करते हैं।

वहीं, वेदिक मार्ग में सिद्धि साधक के भीतर निवास करती है, जो उसे शारीरिक और मानसिक रूप से सशक्त करती है, और सिद्ध साधक को अपनी शुद्धता बनाए रखनी होती है। जबकि नीच कोटी की साधना में किसी प्रकार की शुद्धता की आवश्यकता नहीं होती।

इसलिए मैंने निर्णय लिया कि मैं साधना को आगे नहीं बढ़ाऊंगा। तीसरे दिन 21 माला जाप करने के बाद मैंने साधना समाप्त कर दी और चौथे दिन रम्भा अप्सरा के लिए होम किया। पांचवे दिन मैंने सभी पूजा सामग्री को नदी में विसर्जित कर दिया और रम्भा अप्सरा से माफी मांगी।

लेकिन मुझे यह गिल्टी फीलिंग हो रही थी कि अप्सरा मुझसे नाराज हो सकती हैं और इस साधना को बीच में छोड़ने के कारण मुझे कोई बुरा परिणाम हो सकता है। इसलिए मैंने माँ दुर्गा भवानी से प्रार्थना की कि वह मुझे माफ करें और मेरी रक्षा करें क्योंकि सभी अप्सराएँ माँ दुर्गा के अधीन हैं। नवरात्रि के दौरान मेरे परिवार के पुरोहित ने माँ दुर्गा भवानी को प्रसन्न करने के लिए विशेष पूजा की ताकि साधना के किसी भी बुरे प्रभाव से बचा जा सके।

इसलिए मैं किसी को भी अप्सरा साधना करने की सलाह नहीं दूंगा, क्योंकि मृत्यु के बाद आपको अप्सरा के लोक में सेवा करनी होगी। अगर आप फिर भी अप्सरा साधना करना चाहते हैं, तो पहले माँ दुर्गा भवानी की पूजा करें या श्री महाविद्या साधना में सिद्धि प्राप्त करें। अगर माँ प्रसन्न होती हैं तो अप्सरा जरूर आपके सामने आएंगी।

अगर आप एक उन्नत साधक हैं तो अप्सराएँ आपकी ओर आकर्षित होंगी और आपके सामने आ सकती हैं। क्योंकि वे किसी शारीरिक सुंदरता के लिए नहीं, बल्कि उन साधकों के प्रति आकर्षित होती हैं जो आध्यात्मिक रूप से उन्नत होते हैं और देवी-देवताओं के प्रिय होते हैं, जैसे महाभारत में अर्जुन थे।

और आपको यह भी याद रखना चाहिए कि यह कलियुग है, और कई मंत्रों को उनकी दुरुपयोग से बचाने के लिए कीलित किया गया है। इसलिए सही मंत्र केवल एक असली गुरु से ही प्राप्त किया जा सकता है, जो उसे खोल सकते हैं और साधक को दे सकते हैं।

उदाहरण के लिए, अगर कोई साधक महादेव का पाशुपतास्त्र प्राप्त करना चाहता है, तो उसे सक्रिय कुण्डलिनी शक्ति की आवश्यकता होती है और एक प्रतिष्ठित गुरु की आवश्यकता होती है, जैसे भगवान श्री परशुराम। दूसरा तरीका यह है कि महादेव शिव जी की तीव्र तपस्या करके इसे सीधे प्राप्त किया जा सकता है, ताकि यह शक्ति साधक के भीतर निवास करें और वह अजेय हो जाए।

लेकिन कभी भी शबर मंत्र का उपयोग करके अप्सरा को बुलाने की कोशिश न करें। इसके अलावा, अप्सरा साधना के दौरान श्री हनुमान जी महाराज की अत्यधिक पूजा जैसे हनुमान चालीसा का बार-बार पाठ करने से बचें, क्योंकि हनुमान जी बालब्रह्मचारी हैं, तो अप्सरा उनके पास नहीं आएगी।

मैं एक शुभचिंतक के रूप में फिर से आपको यह सलाह दूंगा कि किसी भी यूट्यूब चैनल से मंत्र न लें, क्योंकि इससे अन्य आत्माएँ आकर्षित हो सकती हैं और आप बिना गुरु के इसे संभाल नहीं पाएंगे। मुझे भी एक बार एक आत्मा का बुरा प्रभाव पड़ा था, जिसे मैंने स्वयं माँ बगलामुखी साधना करके समाप्त किया। पहले दिन के बाद उस आत्मा ने मुझे परेशान नहीं किया।

आज तक मैं माँ पिताम्बरा बगलामुखी की पूजा करता हूँ और उनका धन्यवाद करता हूँ कि उन्होंने मेरी रक्षा की। इसलिए केवल ईश्वर उपासना करें, जो मुक्ति देने वाली होती है और कर्मों को समाप्त करते हुए चेतना के स्तर को उठाती है, साथ ही अपने पितरों को आशीर्वाद प्राप्त करने में सहायक होती है।

31. सधक की कहानी

एक आदमी, जो अपनी मोटी पत्नी से उब चुका था, ने रम्भा मंत्र का जाप करना शुरू किया। कुछ हफ्तों की साधना के बाद, रम्भा उसके सामने आ गई। उसने एक शर्त रखी कि उसे उसके प्रति वफादार रहना होगा, और जब तक वह वफादारी बनाए रखेगा, रम्भा उसके पास कभी भी आ सकती है। वे दोनों लगभग 2 साल तक अच्छे समय बिताते रहे। एक दिन वह आदमी अचानक बीमार पड़ गया और उसकी पत्नी ने उसकी देखभाल की। रम्भा कहीं भी नहीं दिखाई दी! इस घटना ने उसे अपनी पत्नी के महत्व और प्रेम का अहसास कराया। उसने रम्भा को भुला दिया और अपनी पत्नी के साथ एक और साल बिताया।

एक दिन उसने रम्भा को याद किया, लेकिन डरते हुए उसे बुलाने का सोचा। उसे लगा कि रम्भा नाराज हो सकती है और उसे शाप दे सकती है, क्योंकि उसने अपनी पत्नी के पास वापस लौटने का निर्णय लिया था। फिर भी, उसने साहस जुटाया और रम्भा मंत्र का जाप किया। उसकी दृष्टि में, उसने रम्भा को पारिजात के पेड़ के नीचे सोते हुए देखा। उसके बालों में कुछ फूल थे और वह उसे पीठ दिखाकर सो रही थी। वह धीरे-धीरे उसके पास गया लेकिन उसे छूने का साहस नहीं हुआ। चुपके से उसने उसके बालों में से एक फूल लिया और वहां से भाग आया!

वह फूल उसने किताब के पन्नों के बीच रखा और कई सालों तक उसे संजोकर रखा। जब वह बूढ़ा हो गया, तो उसने यह फूल अपने पोते को दिखाया और उसकी कहानी सुनाई। उस पोते ने वह किताब कई सालों तक रखी, यहां तक कि अपने दादा के निधन के बाद भी। एक दिन, उस पोते का पोता शादी के बाद अपने घर की महिलाओं के साथ बातचीत कर रहा था, और सब अपनी-अपनी परिवार की उपलब्धियों की चर्चा कर रहे थे। यह महिला चुपचाप सुन रही थी क्योंकि उसके पति के परिवार ने कुछ खास नहीं किया था। तभी उसे अपने किताब के पन्नों के बीच रखा सूखा फूल याद आया और उसने कहा, "मेरे पति के परदादा रम्भा के साथ सोए थे!"

32. Apsara Sadhana FAQs

FAQs: Apsara Sadhana

1. **Apsara Sadhana क्या है?**

   o अप्सरा साधना एक प्रकार की ऊर्जा साधना है जिसमें अप्सराओं से जुड़ी शक्तियों का उपयोग किया जाता है। अप्सराएँ देवताओं की मनोरंजन के लिए नृत्य करती हैं और उनके पास अनेकों शक्तियाँ होती हैं।

2. **अप्सराएँ कौन होती हैं?**

   o अप्सराएँ एक जाति की तरह होती हैं, जो आंतरिक्षीय प्राणी होती हैं। महाभारत युद्ध के बाद, हम उनके साथ अपने कनेक्शन को खो चुके हैं। वे हमारी तरह ही एक जाति हैं और कई प्राचीन ग्रंथों में उनका वर्णन किया गया है।

3. **क्या अप्सराएँ केवल आनंद के लिए होती हैं?**

   o नहीं, यह पूरी तरह से गलत समझ है। अप्सराएँ केवल आनंद के लिए नहीं होतीं। वे जीवन के विभिन्न पहलुओं को सिखाती हैं और अपनी शक्तियों के माध्यम से हमें दिव्य ज्ञान प्रदान करती हैं।

4. **अप्सरा साधना से क्या खतरें हो सकते हैं?**

   o अप्सरा साधना के दौरान कुछ लोग भ्रमित हो जाते हैं। अप्सराएँ मानसिक रूप से उन्हें जाल में फंसा सकती हैं, जिससे व्यक्ति भ्रमित हो जाता है और वह न केवल भौतिक सुखों में उलझ सकता है, बल्कि उसका कर्म और भविष्य भी प्रभावित हो सकता है।

5. **अप्सराओं का शारीरिक रूप कैसा होता है?**

- अप्सराएँ कम से कम 9 फीट लंबी होती हैं, और उनके शरीर में अत्यधिक ऊर्जा होती है। उनकी त्वचा सफेद और कान लंबे होते हैं। उनकी आँखें नेवी ब्लू होती हैं, और जब वे हमारी साधना स्थान पर आती हैं, तो हम उनके सामने छोटे बच्चे जैसा महसूस करते हैं।

6. अप्सराओं का मानसिक दृष्टिकोण क्या है?

- अप्सराएँ नृत्य करना पसंद करती हैं और उनके लिए नृत्य एक प्रकार की योग साधना है, जिसके माध्यम से वे प्रकृति से जुड़ती हैं। वे आठ सिद्धियों की स्वामिनी होती हैं, और उनका उद्देश्य मोक्ष प्राप्ति नहीं, बल्कि जीवन का आनंद लेना है।

7. अप्सरा सेक्स के बारे में क्या सोचती हैं?

- अप्सराएँ किसी भी इंसान के साथ सेक्स नहीं करतीं। वे केवल संतान उत्पत्ति के लिए सेक्स करती हैं। साधक को संयमित जीवन जीने और उस ऊर्जा का उपयोग करके एक सुखमय और शक्तिशाली जीवन जीने की शिक्षा देती हैं।

8. अप्सरा साधना के विभिन्न चरण क्या हैं?

- **चरण 1:** शुरुआत में, साधक को सपनों में सुंदर महिलाओं का अनुभव होता है, जो उनकी कामुक इच्छाओं को संतुष्ट करती हैं।

- **चरण 2:** समय के साथ, साधक को एक महिला की उपस्थिति महसूस होती है, जो उसकी ऊँचाई के समान और सुंदर होती है। यह भी एक भ्रम होता है, और अधिकांश लोग इसे जीवन भर अनुभव करते हैं।

- **चरण 3:** यह चरण उन साधकों के लिए होता है जिनका उद्देश्य दिव्य ज्ञान प्राप्त करना है। यह चरण अत्यधिक कठिन है और इसमें तीन साल तक निरंतर साधना की आवश्यकता होती है। इस चरण में साधक को अप्सरा का वास्तविक रूप देखने और दिव्य ज्ञान प्राप्त करने का अवसर मिलता है।

9. हमारा अप्सरा से कनेक्शन कैसे होता है?

- अप्सराएँ महान शिक्षक और उपचारक होती हैं। वे हमें आत्मनिर्भर बनने और स्वतंत्रता प्राप्त करने की शिक्षा देती हैं। उनका जीवन हजारों सालों तक चलता है और वे हमारे जीवन को बेहतर बनाने में मदद कर सकती हैं। वे शरीर की शुद्धि, विचारों की शुद्धि और भावनाओं की शुद्धि पर ध्यान केंद्रित करती हैं।

10. अप्सरा साधना के खतरें क्या हैं?

- अप्सरा साधना के दौरान व्यक्ति अपने कर्मों में गिरावट, निम्न अस्तित्व की ओर बंधन, और मृत्यु के बाद अप्सरा के इच्छाओं के अधीन होने जैसी स्थितियों का सामना कर सकता है। साधना का हर कदम एक कीमत पर आता है।

11. अप्सरा पूजा क्या है?

- अप्सरा पूजा, जिसे अप्सरा साधना भी कहा जाता है, एक गहन और विधिपूर्वक साधना है जिसे सिद्ध गुरु के मार्गदर्शन में ही किया जाना चाहिए। इस साधना में विशेष बीज मंत्र, यंत्र, मुद्रा, और कर्मकांड का उपयोग होता है। इस साधना के उद्देश्य से अप्सराओं को प्रसन्न किया जाता है।

12. अप्सरा कौन होती हैं?

- अप्सरा एक प्रकार की योनि होती है, जैसे मानव, देव, गंधर्व, राक्षस, किन्नर, यक्ष, और नाग। अप्सराएँ शक्ति के रूप में मानी जाती हैं और इनका संबंध देवी पार्वती से होता है। वे देवताओं को मोहित करने के लिए बनाई गई थीं।

13. क्या अप्सराएँ केवल आनंद के लिए होती हैं?

- नहीं, अप्सराएँ केवल भोग (सांसारिक सुख) के लिए नहीं होतीं। वे देवी के रूप में पूजा जाती हैं और उनके पास अद्भुत शक्तियाँ होती हैं। अप्सरा साधना से हम भौतिक सुखों से लेकर आध्यात्मिक प्रगति तक प्राप्त कर सकते हैं, अगर इसे सही तरीके से किया जाए।

14. अप्सरा साधना कौन कर सकता है?

- o यह साधना पुरुष और महिला दोनों कर सकते हैं। जो लोग समाज में पहचान, कला में महारत (नृत्य, गायन, लेखन, आदि) या असाधारण आकर्षण की चाह रखते हैं, वे इस साधना को कर सकते हैं।

15. अप्सरा साधना करने से क्या लाभ होते हैं?

- o इस साधना के जरिए, एक महिला आकर्षक और कला में माहिर बन सकती है, और वृद्धावस्था में भी अपनी सुंदरता बनाए रख सकती है। जबकि पुरुष इस साधना से भौतिक आकर्षण से मुक्त हो जाते हैं और महिलाओं के आकर्षण में बंधने से बचते हैं।

16. अप्सरा पूजा में क्या खतरें हो सकते हैं?

- o यदि साधक केवल भौतिक सुख के लिए अप्सरा की पूजा करता है, तो यह खतरनाक हो सकता है। अप्सराएँ सामान्य साधकों के सामने अपनी भौतिक रूप में नहीं आतीं, लेकिन यदि साधक का इरादा गलत होता है तो वे उसे धोखा दे सकती हैं और भ्रामक स्थिति में डाल सकती हैं।

17. क्यों योगी और ऋषि अप्सरा साधना करते हैं?

- o योगी और ऋषि इस साधना को इसलिए करते हैं ताकि वे भ्रामक इच्छाओं से दूर रह सकें और एक महिला को पूरी तरह समझ सकें। यह साधना उन्हें उनके अन्य योग साधनाओं में भी सफलता दिलाती है और वे किसी भी मायाजाल में नहीं फंसते।

18. अप्सरा साधना करते समय किन बातों का ध्यान रखना चाहिए?

- o अप्सरा साधना के दौरान सच्चे इरादों के साथ पूरी श्रद्धा और समर्पण से साधना करनी चाहिए। यदि आप इसे हल्के में लेते हैं या अप्सरा को नौकर समझते हैं तो यह साधना उलटी प्रभाव डाल सकती है।

- o यह साधना कभी भी दुष्ट इरादों से नहीं करनी चाहिए।

- o अप्सरा के रूप में कभी-कभी बुरी आत्माएँ भी प्रकट हो सकती हैं, जिन्हें पहचानने और सावधान रहने की जरूरत होती है।

19. क्या अप्सरा साधना से नफरत या कामुक इच्छाएँ पूरी होती हैं?

- o अप्सरा साधना केवल कामुक इच्छाओं को पूरा करने के लिए नहीं की जाती है। अप्सरा एक देवी के रूप में पूजी जाती हैं, और उनका उद्देश्य भौतिक सुखों से कहीं अधिक होता है। यदि साधक अपनी इच्छाओं को संयमित नहीं कर पाता है, तो वह इस साधना को पूरा नहीं कर सकता।

20. अप्सरा साधना की सफलता के लिए क्या आवश्यक है?

- o अप्सरा साधना में सफलता के लिए पूरी निष्ठा, समर्पण, और सही इरादों की आवश्यकता होती है। जो लोग इस साधना को भक्ति और आत्मिक विकास के लिए करते हैं, वे इस साधना के वास्तविक लाभ प्राप्त कर सकते हैं।

सारांश: अप्सरा पूजा एक गंभीर और गहन साधना है, जो शुद्ध भावनाओं और समर्पण के साथ ही की जानी चाहिए। अप्सराएँ एक देवी रूप में पूजी जाती हैं, और उनका उद्देश्य केवल भौतिक सुख नहीं, बल्कि आध्यात्मिक प्रगति और जीवन की सच्ची समझ है।

३३. अप्सराओं की दिलचस्प कहानियाँ

अप्सराओं की दिलचस्प कहानियाँ:

1. **उर्वशी**: उर्वशी नारायण द्वारा बनाई गई थीं जब अन्य अप्सराएँ नारायण और उनके जुड़वां भाई नर को उनके तपस्या से विचलित करने की कोशिश कर रही थीं। उर्वशी को सबसे सुंदर अप्सरा माना जाता है। बाद में, उन्होंने ऋषि विपंधक से ऋषिश्रृंग को जन्म दिया, जिन्होंने राजा दशरथ के लिए यज्ञ किया था, ताकि उन्हें पुत्र प्राप्ति हो। उर्वशी ने पुरुवरास से विवाह किया, जो चंद्रवंशी वंश के संस्थापक थे।

2. **मेणका**: मेणका भी अप्सराओं में एक अत्यंत सुंदर नाम है। वह एकमात्र अप्सरा थीं जिन्होंने ऋषि विश्वामित्र को विचलित किया, जबकि अन्य प्रसिद्ध अप्सराएँ असफल हो गई थीं। मेणका और विश्वामित्र से शाकुन्तला का जन्म हुआ, जो बाद में राजा दुष्यंत से विवाह करके भरत की माँ बनीं।

3. **राम्भा**: राम्भा अप्सराओं की रानी थीं और भगवान कुबेर के पुत्र नलाकूवर की पत्नी थीं। रावण ने उनका अपमान किया, जिसके कारण नलाकूवर ने रावण को शाप दिया कि अगर वह किसी महिला को उसकी इच्छा के खिलाफ दबाव डालेगा, तो वह मर जाएगा। यह शाप देवी सीता को रावण से बचाने में मददगार साबित हुआ।

4. **तिलोत्तमा**: तिलोत्तमा को ब्रह्मा ने उत्पन्न किया था। उसने असुर भाई सुंदर और निसुंध को मारा, जिनके पास अमरता का वरदान था, लेकिन तिलोत्तमा की सुंदरता ने उनकी एकता को तोड़ दिया। बाद में, तिलोत्तमा को ऋषि विश्वामित्र द्वारा शापित किया गया और वह असुर कन्या के रूप में जन्मी। वह बाद में

बाणासुर की पुत्री उषा के रूप में जानी जाती हैं, जिन्होंने अनिरुद्ध से विवाह किया, जो श्री कृष्ण के पोते थे।

5. **आद्रिका**: आद्रिका एक शापित अप्सरा थी, जो मछली बन गई थी और उसने सत्यवती और उसके जुड़वां भाई को जन्म दिया।

6. **गिरिताची**: ऋषि भारद्वाज को गिरिताची से आकर्षण हुआ और उन्होंने अपनी वीर्य को एक बर्तन में एकत्रित किया। उसी वीर्य से द्रोणाचार्य का जन्म हुआ।

7. **मधुरा**: मधुरा ने शिव जी को मोहने की कोशिश की थी, जब माता पार्वती कैलाश में नहीं थीं। जब पार्वती ने उन्हें देखा, तो उन्होंने उन्हें मेंढक बना दिया, लेकिन बाद में 12 साल बाद उन्हें अपनी सजा से मुक्ति मिली और वह सुंदर कन्या मांडोदरी के रूप में पुनः जन्मी, जो रावण की पत्नी बनीं।

8. **हेमा**: हेमा का विवाह प्रसिद्ध वास्तुकार मायासुर से हुआ था। हेमा और मायासुर ने मांडोदरी को गोद लिया।

9. **जनपदी**: ऋषि शारद्वान ने जनपदी को देखा और उसे आकर्षित कर लिया, जिससे उनके वीर्य से दो बच्चे पैदा हुए - कृपाचार्य और कृपी।

10. **हरिणी**: हरिणी को शापित किया गया था कि वह मानव के रूप में जन्म लेगी। वह विदर्भ की राजकुमारी इन्दुमति के रूप में जन्मी, जिन्होंने अपनी स्वयंवर में अयोध्या के राजा अजय को अपना पति चुना। बाद में वह राजा दशरथ की पत्नी बनकर मर गईं, जब नारद जी की माला उनके सिर पर गिर गई, जिससे उन्हें उनके शाप से मुक्ति मिली।

11. **पुंजिकस्थला**: पुंजिकस्थला ने ध्यानमग्न बंदर का मजाक उड़ाया था, जिसके कारण उन्हें बंदर बनने का शाप मिला। वह बाद में वानरराज केसरी की पत्नी अंजना बनीं और वायु देवता की कृपा से हनुमानजी को जन्म दिया।

12. **सुवर्चला**: सुवर्चला एक अप्सरा थी जो अपनी छोटी सी गुस्से के लिए जानी जाती थी। भगवान ब्रह्मा ने उन्हें शापित किया और उन्हें पक्षी में बदल दिया। बाद में यह शाप तब खत्म हुआ जब पक्षी ने दशरथ के यज्ञ का प्रसाद खाया और तुरंत वह अप्सरा रूप में वापस आ गई।

13. **नयनतारा**: ऋषि वज्र ने नयनतारा को शापित किया था और वह असुर कन्या के रूप में जन्मी, जो बाद में शूर्पणखा के नाम से जानी गई।

14. **धन्यमाली**: धन्यमाली को एक ऋषि ने शापित किया था और वह एक मगरमच्छ बन गई। वह तब मुक्ति पाई जब हनुमान ने उसे हराया, जब वह संजीवनी बूटी की तलाश में थे।

15. **दुंधुभि**: एक ऋषि ने दुंधुभि को शापित किया था जब वह उनकी तपस्या को भंग करने का प्रयास कर रही थी, जिससे वह एक कुरूप, कूबड़ी वाली महिला बन गई और दूसरों की खुशियों से जलने लगी। वह बाद में मंधारा नाम से जानी गई, जो कैकेयी की maid थी।

16. **मालिनी**: मालिनी को एक ऋषि ने शापित किया था कि वह नीच जाति की महिला के रूप में जन्म लेगी। वह रामायण की शबरी के रूप में जानी जाती हैं।

17. **प्रेमलोचा**: इन्द्र ने एक बार प्रेमलोचा को ऋषि कांडू की तपस्या भंग करने के लिए भेजा था। कांडू और प्रेमलोचा ने 1000 साल तक एक-दूसरे के साथ समय बिताया। प्रेमलोचा से एक सुंदर कन्या मरीशा का जन्म हुआ, जो बाद में 10 प्रचेताओं से विवाह कर के दक्ष प्रजापति की माँ बनीं।

जब भगवान विष्णु ने धारण किया अप्सरा रूप— मोहिनी

भारतीय पौराणिक कथाओं में भगवान विष्णु के कई अवतारों का वर्णन मिलता है, लेकिन उनका एक अवतार ऐसा है जो अपने सौंदर्य, मोहकता, और चातुर्य के लिए विशेष रूप से प्रसिद्ध है—यह अवतार है मोहिनी। मोहिनी का यह रूप विष्णु ने समुद्र मंथन के समय धारण किया था, जब देवता और असुर दोनों अमृत प्राप्ति के लिए उत्सुक थे। समुद्र मंथन एक महत्वपूर्ण घटना है, जिसमें केवल अमृत ही नहीं बल्कि दिव्य रत्न, कालकूट विष, लक्ष्मी, और अन्य अनेक चमत्कारी चीज़ें समुद्र से उत्पन्न हुई थीं। लेकिन असली संघर्ष तब आरंभ हुआ जब अमृत कलश समुद्र से बाहर निकला।

समुद्र मंथन और अमृत का संघर्ष

समुद्र मंथन का आरंभ हुआ था देवता और असुरों की सहमति से, जिसमें दोनों ने मिलकर मंदराचल पर्वत को मथनी और नाग वासुकी को रस्सी बनाकर समुद्र मंथन किया। मंथन के दौरान अनेक दिव्य वस्तुएँ निकलीं, लेकिन अमृत कलश के प्रकट होते ही असुरों ने छल-कपट का सहारा लिया और अमरत्व प्राप्ति की इच्छा से अमृत को

हथियाने की कोशिश की। असुरों के इस कपटपूर्ण व्यवहार से देवता परेशान हो गए और उन्होंने भगवान विष्णु से सहायता की याचना की।

भगवान विष्णु ने इस विषम स्थिति से निपटने के लिए अपनी माया का एक अद्वितीय और मोहक रूप धारण किया—एक सुंदर अप्सरा का, जिसे **मोहिनी** कहा गया। इस मोहिनी रूप में भगवान विष्णु ने इतनी अनोखी मोहकता और आकर्षण का प्रदर्शन किया कि असुर उनके सौंदर्य में खो गए।

मोहिनी का सौंदर्य और असुरों का भ्रम

मोहिनी रूप में भगवान विष्णु का स्वरूप एक ऐसी अप्सरा का था, जिसकी चाल में अद्वितीय आकर्षण, आँखों में मनमोहकता, और चेहरे पर दिव्य आभा थी। मोहिनी के रूप को देखकर असुर ऐसे मंत्रमुग्ध हो गए कि वे अपनी सारी सतर्कता भूल बैठे। उनका संपूर्ण ध्यान मोहिनी के अद्भुत रूप पर केंद्रित हो गया और वे अमृत की ओर से अनजान हो गए। मोहिनी ने इतनी चतुराई से अपनी माया का उपयोग किया कि असुरों को लगा कि वह इस अमृत को न्यायपूर्वक सबमें बाँट देंगी।

असुरों ने मोहिनी को अमृत कलश सौंप दिया, यह सोचकर कि वह निष्पक्षता से इसे वितरित करेंगी। लेकिन मोहिनी के रूप में भगवान विष्णु ने चतुराई का सहारा लेते हुए अमृत को केवल देवताओं के बीच बाँट दिया। असुरों को इस बात का भान भी नहीं हुआ कि वे अमृत से वंचित हो गए हैं। जब तक असुर इस सच को समझते, देवताओं ने अमृत पी लिया और वे अमर हो गए, जबकि असुर अपने छल के कारण अमरत्व से वंचित रह गए।

मोहिनी रूप और भगवान शिव का मोह

मोहिनी के रूप में भगवान विष्णु की मोहकता केवल असुरों तक ही सीमित नहीं रही। एक अन्य प्रसंग में, जब भगवान शिव ने मोहिनी रूप को देखा, तो वे भी इस रूप की अद्वितीयता से प्रभावित हुए बिना नहीं रह सके। भगवान शिव, जो अपनी तपस्या और संयम के लिए विख्यात थे, वे भी मोहिनी के रूप में भगवान विष्णु के इस अप्सरा अवतार से सम्मोहित हो गए थे। इस प्रसंग का उल्लेख हमें यह बताता है कि मोहिनी का रूप इतना सम्मोहक और अलौकिक था कि तप और संयम के प्रतीक भगवान शिव भी इस रूप के प्रभाव से बच नहीं पाए।

मोहिनी का प्रतीकात्मक महत्व: माया और संसार के बीच संतुलन

भगवान विष्णु का यह मोहिनी रूप केवल एक सुंदर अप्सरा का रूप नहीं था, बल्कि यह उनके द्वारा रचा गया एक दिव्य मायाजाल था, जो संसार और माया के बीच एक संतुलन को दर्शाता है। मोहिनी का यह रूप यह समझने में मदद करता है कि प्रेम और मोह, आत्मिक ज्ञान और मोहकता के बीच एक बारीक रेखा होती है, जिसे साधकों को समझने और पार करने की आवश्यकता होती है। मोहिनी के रूप में भगवान विष्णु ने यह दिखाया कि कभी-कभी माया का उपयोग भी धर्म और सत्य की रक्षा के लिए किया जा सकता है।

मोहिनी रूप का संदेश: आत्म-रक्षा और सामर्थ्य का प्रतीक

मोहिनी का यह रूप यह भी दर्शाता है कि विषम परिस्थितियों में कैसे माया और चतुराई का उपयोग कर अपने भक्तों की रक्षा की जा सकती है। भगवान विष्णु ने मोहिनी रूप में केवल सुंदरता ही नहीं बल्कि अपनी सामर्थ्य का भी प्रदर्शन किया, जिससे यह सिद्ध होता है कि शक्ति केवल बाहरी रूप में नहीं, बल्कि आंतरिक माया और आत्म-संयम में भी होती है।

मोहिनी का यह प्रसंग यह भी सिखाता है कि कैसे माया का रूप कभी-कभी भ्रम उत्पन्न कर सकता है, लेकिन जब इसका उपयोग धर्म और न्याय के पक्ष में होता है, तो यह साधकों के लिए मार्गदर्शन का काम करता है। यह रूप यह दर्शाता है कि कभी-कभी दिव्यता के मार्ग पर चलते हुए हमें माया का प्रयोग भी सही तरीके से करना आना चाहिए, ताकि हम सच्चे अर्थों में धर्म की रक्षा कर सकें और दूसरों को सही मार्ग पर ला सकें।

मोहिनी साधना का महत्त्व

मोहिनी के इस रूप से प्रेरणा लेकर साधक यह सीख सकते हैं कि प्रेम, आकर्षण, और मोहकता का उपयोग केवल भौतिक उद्देश्य के लिए नहीं होना चाहिए, बल्कि इसे आत्मा की शुद्धता और धर्म के संरक्षण के लिए भी प्रयुक्त किया जा सकता है। मोहिनी साधना में साधक इस रूप का ध्यान कर अपने मन और आत्मा को मोह और माया के प्रभाव से मुक्त करने का प्रयास करते हैं।

मोहिनी साधना में मोहकता के माध्यम से आत्म-संयम का अभ्यास किया जाता है। यह साधना हमें सिखाती है कि सच्ची सुंदरता वह है, जो आत्मा में निहित है, और सच्चा प्रेम वह है, जो मोह के बंधन से मुक्त है। भगवान विष्णु का मोहिनी रूप हर साधक को यह प्रेरणा देता है कि कैसे कठिन परिस्थितियों में भी अपने धर्म का पालन करते हुए हम अपने मस्तिष्क और आत्मा का संतुलन बनाए रख सकते हैं।